脳科学捜査官　真田夏希

ストレンジ・ピンク

鳴神響一

角川文庫
22749

目次

序章　函館の丘　5
第一章　ハッピーベリー　13
第二章　見えぬ正義　122
第三章　失ったこころ　163
終章　新たな出発　263

序章　函館の丘

@二〇二〇年一〇月一八日（日）

函館《はこだて》どつくの市電停留場前で左折すると、タクシーは急な勾配《こうばい》の魚見坂《うおみざか》を上っていった。

無口にステアリングを握る運転手は、今日の用向きにはふさわしかった。

仏教寺院には珍しい高龍寺《こうりゅうじ》の煉瓦《れんが》塀を過ぎたところで外国人墓地へ続く道を右手に分け、まっすぐ進むと右の車窓に海が見えた。

芝生が青々としたハリストス正教会の墓地と、ピンク色の羽目板が目を引く旧函館検疫所の建物を活《い》かしたレトロなカフェを過ぎてゆく。

さらに坂を上ってゆくと、左右にたくさんの墓石が並ぶ日本人墓地が現れた。

丘の上で織田信和《おだのぶかず》はタクシーを降りた。

目の前に瑠璃色《るりいろ》の海がひろがっている。

函館湾の水面《みなも》はサファイアの輝きに澄み切った空の色を映していた。

「ああ、こんな色だったか」

織田信和は感慨をこめた声で独り言を口にした。

去年も一昨年《おととし》も仕事が忙しく、この日に函館を訪れることはできなかった。

今年はなんとか時間を作れた。

午後一時過ぎのＡＮＡで羽田《はねだ》を発《た》ち、函館空港からタクシーを飛ばして一路ここにやって来た。

いや、途中、運転手に訊《き》いて湯《ゆ》の川《かわ》温泉近くの花屋に立ち寄ったのだったが。

いずれにしても、この丘へ来ること以外、ほかに函館に用事はなかった。

三年ぶりに見る函館湾の秋色は、織田の目には新鮮に映った。

貨物船や小型フェリーの白やグレーの船体がゆったりと波を切っている。

深く切れ込んだ入江の奥に位置する函館港に出入りする船舶は、この函館山西麓《せいろく》では見慣れた光景だった。

秋晴れの日曜日とあってか、白波を蹴《け》立《た》てて入江を出て行くモーターークルーザーもちらほら見える。

入江の向こうの北斗《ほくと》市の山々は、黄色く秋色に染まっていた。

織田は花束を手に道路の右にひろがる海側の墓地へと静かに歩みを進めていった。

海峡から吹き上げてくる風が、澄んだ冷たさで頬を撫《な》でてゆく。

西向きのなだらかな斜面はそのまま海へ続いているかのように見える。

真下には入舟町《いりふねちょう》の民家が海沿いに並んでいるのだが、ここからは見えなかった。

奥に生えている何本かの杉の木を除いて、まわりは無数の墓石しかなかった。

目的の墓は、斜面をしばらく下った左手にあった。

中途半端な時間のせいか、秋の彼岸が済んだからなのか、あたりに墓参と思《おぼ》しき人影は見られなかった。

手前の外国人墓地には、きっと少なからぬ人々が訪れているのだろう。

だが、ここは海の眺めが特段にすぐれていることは別として、ただの墓地に過ぎなかった。もとより観光客とは無縁の場所だった。

かなり下った見覚えのある墓石が並ぶ場所を左に曲がると、線香の匂いが漂ってきた。

先客があるらしい。

一〇メートルほど先の目指す彼女の墓の前に、モスグリーンのハーフコートを身にまとった背の高い男が立っている。

肩幅の広いがっちりした体型で、誰だかわかった。

男はゆっくりと織田のほうを振り返った。

神奈川県警刑事部根岸《ねぎし》分室長の上杉輝久《うえすぎてるひさ》だった。

「上杉じゃないか」

ハッとしたように上杉は織田の顔を見た。

「織田……おまえも来たのか」

上杉は織田の目をじっと見つめた。

「ああ、今年はようやく時間が取れた」

織田は言い訳するように答えた。

「警察庁《さっちょう》の理事官ともなると、やっぱり忙しいもんだな」

いつか聞いたような言葉を口にする上杉に皮肉な調子はなかった。

なにを話すかに困っているようにも聞こえた。

「上杉は毎年、来てるのか」

織田も話すべき言葉が口から出せずにいた。

「ああ、根岸分室に追いやられてからはずっと来てるよ」

上杉は小さく笑った。

「そうか……」

織田は口ごもった。

正義感の強い上杉がキャリアの出世街道から外れて警察庁から神奈川県警刑事部に異動になり、さらに部下のいない根岸分室という窓際に追いやられて何年が経つだろう。

崖下《がけした》の岸辺からか、カモメの鳴く声が聞こえてくる。

話の接ぎ穂に困った織田は、しばし墓石を眺めていた。

黒御影《くろみかげ》の石碑はもとより、まわりもきれいに掃除されていた。

「誰かが掃除してくれていた」

織田の心を見透かすように、上杉がぼそっとつぶやいた。

「ご両親かな……たしか小樽《おたる》にお住まいだと聞いたことがあるような気がするが」

「たぶんそうだろうな」

花立には淡いピンクのガーベラやかすみ草が供えられていた。

「この花は？」

わかっている答えを求めて織田は尋ねた。

「あいつが好きだった花だからな」

上杉はぽつりと答えた。

「ガーベラか」

「俺が持ってきた」

「たしかにそうだった」

幼い頃に横浜《よこはま》市郊外の親戚《しんせき》の家にあそびに行ったとき、庭に咲いているガーベラを見てその艶《つや》やかな花が不思議でならなかった。それ以来、ガーベラが好きだと彼女は言っていた。

「だが、彼女は真っ赤なガーベラが好きだった」

上杉は想い出を辿《たど》るような目つきになった。

「ああ、覚えてるよ。赤がいちばん好きだと言っていた。しかし真っ赤では仏花にはふさわしくないな」

織田の言葉に、上杉はあいまいな笑いを浮かべて訊いた。

「おまえも花を持ってきたのか」

「気の利いた花じゃないがな」

花束をほどいた織田は、白いトルコキキョウとピンクのカーネーションを花筒に挿した。

黒御影の墓誌が嫌でも目に入ってくる。

祖先の名前に並んだ最後の一行が、織田のこころに突き刺さってくる。

――**五条香里奈**《ごじょうかりな》　**平成二二年一〇月一八日**

姿勢を正した織田は「五条家代々之墓」と刻まれた石碑に向かって立った。

瞑目《めいもく》して合掌し、しばし香里奈の冥福《めいふく》を祈った。

目を開いて横を見ると、上杉も両の掌《てのひら》を合わせていた。

「あれから一〇年だな」

合掌を終えた上杉は海に目をやってつぶやいた。

「そうだ……こんな風によく晴れた月曜日だった」

織田は一〇年前のあの悪夢の日を思い出していた。

あのときも自分よりも早く上杉が駆けつけていた。

集中治療室に駆け込んだ織田に、上杉はベッドサイドの丸椅子から立ち上がった。

「香里奈はっ」

「だめだった……」

上杉は表情なく首を振った。

あまりの事態に顔の筋肉の動かし方を忘れてしまったかのようだった。

チューブでたくさんの医療機器につながれた香里奈は眠っているとしか思えなかった。

だが、ベッドのそばでバイタルサインを示す、すべての波形はフラットだった。

「香里奈ぁ」

織田は頭を抱えてリノリウムの床に膝《ひざ》をついた。

函館湾で鳴る汽笛に我に返った。

入港する貨物船のもののようだ。

「あの日から俺たち二人は、なにかが欠けたまま生きてきたのかもしれないな」

上杉がぽつりと言った。

「そうだな、二人とも仕事一途《いちず》に生きてきたが、その穴を埋めてはくれなかった」

「どうしたら埋めることができるかな」

「わたしにはわからない」

墓前の花が潮風に揺れた。

「俺も答えを見つけられずにいる」

上杉は静かに息を吐いた。

函館湾はシャンパンゴールドのまばゆい輝きを見せ始めていた。

墓地の丘にカモメが鳴く声が響き続けていた。

第一章　ハッピーベリー

【1】@二〇二〇年一〇月一九日（月）

春秋のファッションは難しい。

夏場は重ね着ができないために、トップスとボトムスの一発勝負になることが多い。

冬場のようにコートなどのアウターですべてを覆うことも難しい。

コーディネートの楽しみがある春秋だが、逆に下手な組み合わせを選んだら、目も当てられないことになる。

今日の夏希《なつき》は、ブラック系のブラウスとナチュラルカラーのチノパンをコーデして、グレーのグレンチェックの薄手ウールジャケットを羽織ってみた。

ちょっと地味な色合いだが、まぁまぁ満足できた。

ここではたと迷った。

の靴を履くかである。

　もちろんふつうならパンプスを履くのだが、もし現場に出たら歩きにくくて困るはずだ。

　仕方がないので、キャメル色のレザースニーカーを選んだ。

　どう考えても浮いているが、機動性優先である。

　足もとが気になりつつ、夏希は舞岡《まいおか》の家を出た。

　茅《ち》ヶ《が》崎《さき》警察署は、茅ヶ崎駅の北口からまっすぐ北の方向へ延びる、茅ヶ崎中央通《ちゅうおうどお》り沿いに位置していた。かつて上杉のランクルで派手なカーチェイスをやった県道四五号線丸子《まるこ》中山《なかやま》茅ヶ崎線の終端部分の呼び名である。

　茅ヶ崎市には、シフォン◆ケーキの事件などで何度か訪れている。

　だが、いままで来たのは海沿いばかりで、東海道《とうかいどう》線の線路北側は初めてだった。

　中途半端な距離なので、タクシーは使わず、市役所や文化会館、イオンなどの並ぶ通りを歩いてきた。

　あたりはごくふつうの住宅や中小規模の工場が並んで、県央地区などとそう変わらない景色が続いている。

　洒落《しゃれ》たレストランやカフェが目立つ海沿いの地域とは雰囲気が大きく違うことに、夏希は驚いた。

　捜査会議が始まる九時より一五分ほど前に、夏希は茅ヶ崎警察署に着いた。

昨夏、国道一号線沿いの旧庁舎から移転したばかりで、白い磁器タイル張りの庁舎は真新しかった。

エレベーターで四階に上がると、すぐに講堂の入口があった。

小さく「管内生産緑地爆破事件指揮本部」と遠慮がちな表示が出ていた。

こうした指揮本部や捜査本部に呼ばれるのは、何度目だろう。

先月は、誘拐事件の指揮本部に出席したら、とんでもない国際的な事件に発展してしまった。

まさか、今回はあんな大事件になることはないだろう。いや、あんな事件が続いたら、いくら何でも身が持たない。

夏希はそんなことを考えながら、講堂内に足を踏み入れた。

かなり広い講堂には、白い天板の会議テーブルがいくつもの島を作っていた。

前方の講演台設置用スペースには幹部席が設けられて、明るい窓際には無線機類が用意されていた。

夏希にとってはすでに見慣れた光景だった。

自分が座る位置もだいたい見当がつく。幹部席正面の管理官席の横あたりだろう。

最初の頃は、こうした指揮本部や捜査本部の会場に足を踏み入れても、どうしていいかわからずウロウロするばかりだった。

講堂には、すでにたくさんの捜査員が集まっていた。七〇人規模の指揮本部ではないだろうか。

私服の捜査員が目立つが、制服の警察官もちらほら見える。数人の女性も参加していた。

席に着いている者も多いが、立ち話をしている男たちもいた。

見覚えのある顔がすっかり多くなって、夏希に黙礼してくる捜査員も少なくない。

まん中あたりの島に石田《いしだ》が座っていたが、手帳かなにかを真剣な顔で覗《のぞ》き込んでいて、夏希には気づかないようすだった。

「おう、真田《さなだ》はやっぱり呼ばれたんだな」

最初に声を掛けてきたのは加藤《かとう》だった。

「おはようございます、加藤さん。江《え》の島《しま》署からも応援ですか」

「隣の庭の火事だからな……まぁ、仕方ないさ」

江の島署は茅ヶ崎署と管轄区域が隣接している。

「例によって、脅迫メッセージがネットに流されたんだってな」

加藤は眉《まゆ》をひそめた。

「例によって、中村《なかむら》科長は詳しいことは教えてくれませんでした」

夏希が冗談めかして答えると、加藤はちょっと唇を歪《ゆが》めて笑った。

「真田の上司ってのは、余計なことを先走って喋《しゃべ》って、後から文句言われるのが嫌なタイプなんだな。慎重居士《こじ》っていうヤツだ」

「あはは、そうかも……ただ、九時までに茅ヶ崎署へ行けとだけ命ぜられています」

「まぁ、いまのところ人的被害は出ていないみたいだけどな」

この先の被害を予想しているような加藤の口ぶりだった。

「連続爆破事件に発展するおそれがあるのですか」

「次の事件を予告しているんだよ」

「そうなんですか……」

夏希の声は乾いた。

詳しく聞こうと思ったところに、背中から声が掛かった。

「真田さん、加藤さん、おはようございます」

黒いスーツ姿の小柄で線の細い男が立っている。

夏希とほぼ同年齢のキャリア警視で、警備部管理官の小早川秀明《こばやかわひであき》だった。

色白の才気走った顔つきは若手官僚らしい雰囲気に満ちているが、ドルオタであるなど容貌《ようぼう》とは似つかわしくない側面も持っている。

かつては対立傾向にあった小早川管理官だが、最近は夏希に対しては親切だ。

優秀な男だから、準キャリアに過ぎない夏希をライバル視しても無意味だとわかっているのかもしれない。

「小早川さん、おはようございます」

夏希は愛想よくあいさつした。

「なんだ、またあんたも登場か」

加藤はぞんざいな言葉づかいで答えた。

階級から言えば、小早川管理官は江の島署の署長と同格だ。だが、刑事のなかには階級など気にしないタイプが少なからず存在する。

「脅迫メッセージが出たんですよ。テロ事案の可能性がありますからね。僕にもお呼びが掛かったってわけですよ」

小早川管理官は別に気にした風もなく、明るい声で答えた。

「ま、IPアドレスを辿《たど》るとか、また、あんたの領分の話が出てくるだろう。ネットのなかを歩き回るのは、俺にゃ無理だからな」

加藤はまじめな顔で答えた。

「そのかわり、加藤さんの経験と勘で、いくつもの難事件を解決してきたじゃないですか」

小早川管理官は愛想のよい笑みを浮かべた。

「おいおい、妙に愛想がいいな。まさか次はうちの署長とかに異動して来るんじゃねぇだろうな」

加藤はとまどいの顔で訊《き》いた。

「あるかもしれませんよぉ」

おどけた調子で小早川管理官は答えた。

小早川管理官が所轄に降りてくるのは、絶対にない話とはいえない。だが、冗談に過ぎないのだろう。いずれにしても、今朝の小早川管理官は妙に機嫌がよい。

「おい、よせよ」

加藤は大げさに口を尖《とが》らせた。

「でも、できるなら加藤さんのいる所轄は避けたいですね」

「お互いさまだよ」

にやっと笑って加藤はまん中あたりの島に去っていった。

「真田の顔を見るとひやっとするよ」

ライトグレーのサマースーツを着こなした佐竹義男《さたけよしお》刑事部管理官が近づいて来た。

商社マンを思わせる容貌の佐竹管理官は、刑事らしい鋭い目つきの四〇代後半の警視である。

「あ、佐竹さん、おはようございます。どうしてですか」

答えはわかっていたが、あえて夏希は訊いた。

「真田が関わると、いつも大事件に発展するじゃないか」

佐竹管理官は冗談めかして眉をひょいと上げた。

「それそれ、それですよぉ。真田さんのいるところ大事件ありじゃないですか」

小早川管理官はわざとらしく身を震わせた。

「二人とも、わたしを疫病神みたいに言わないで下さいよ」

夏希は口を尖らせた。

実はこのセリフが言いたかったのだ。

「今回は大ごとにならないといいな」

まじめな顔に戻って佐竹管理官は言った。

「そうですね、人的被害は出ていないみたいですけど……」

それでも夏希は不安を隠せなかった。

「そろそろ始まりますよ。真田さんは管理官席の隣の島に座って下さい」

小早川管理官は窓側の誰も座っていない島を指さした。

夏希は指示された島のパイプ椅子に座った。

当然のように目の前にはノートPCが起《た》ち上がっていた。

小川《おがわ》はアリシアとともに現場に出ているのか、姿が見えなかった。

捜査員が次々に席に着いたところで、「起立!」の号令とともに幹部が入って来た。

制服姿は茅ヶ崎署の署長に違いない。もう一人はベージュ色のスーツを着た福島正一《ふくしままさかず》捜査一課長だった。黒田友孝《くろだともたか》刑事部長の姿は見えなかった。

進行役の私服捜査員が二人の幹部の紹介をした後、五〇代後半の黒いフレームのメガネを掛けた茅ヶ崎署長があいさつした。

「寒川町《さむかわまち》で小規模爆発が発生した。現在のところ人的被害は発生していないが、インターネットに脅迫状がアップされた。本部ではテロ関連事案と判断して本指揮本部の開設となった。県民の安全を脅かす卑劣な犯罪を許すわけにはいかない。全員一丸となって一刻も早く事件を解決してほしい。指揮本部長は黒田刑事部長、茅ヶ崎署長の佐藤《さとう》が副本部長となる。黒田本部長は別のどうしても抜けられない案件のため、本日はお見えにならない。なお、捜査主任は福島捜査一課長にお願いする。以上だ」

黒田刑事部長が本部長ということは、今回の事件も刑事部主導で対応することを意味している。実質上の捜査指揮官は福島一課長である。

捜査一課長もきわめて多忙な役職なのだが、重要な事件では福島一課長は必ず現場で指揮をとる。

通常業務が忙しい茅ヶ崎署長はすぐに退出するはずだ。

「次の被害を防ぐことこそ我らにとっての急務だ。しかし、犯人を挙げてゆくには地道な捜査を重ねるしかない。迅速に捜査を進めてゆき、犯人を絞り込んでいってほしい」

福島一課長は厳しい顔つきであいさつした。

続けて佐竹管理官が立ち上がった。

「事件は昨夜、午後一〇時五分頃に高座《こうざ》郡寒川町倉見《くらみ》の畑地で発生した。爆発音に気づいた近くの住民がようすを見に行ったところ、畑地のなかで火炎が上がるのを見て一一九番に通報した。携帯電話からの通報は発生と思《おぼ》しき時刻から九分後の一〇時一四分。寒川町消防本部寒川町消防署から係員が急行した。同消防署員は燃え残りの爆発物を発見したために茅ヶ崎署に通報した。茅ヶ崎署から地域課員が駆けつけたところ、時限装置つきと推察される爆弾の残留物が発見された。連絡を受けた刑事部では付近の機動捜査隊を派遣して現場を確認し、爆破事件と判断した。現在、科捜研で詳細な分析を行っているが、玩具《おもちゃ》花火の黒色火薬と思しきものを用いたごく簡易的な爆弾と思量される。玩具花火は火薬類取締法でひとつの個体につき火薬量は一五グラム以下と定められているが、何本もの花火から集めたものと思量される。現場は夜間には、およそ人気《ひとけ》のない場所であり、釘《くぎ》などを封入していたわけではないので、いたずら程度のものとも考えられた。だが、犯人と思しき者から脅迫メッセージが発信されたため、本指揮本部の設置に到った。メッセージについては警備部の小早川管理官から」

佐竹管理官が座ると、小早川管理官が立ち上がり気ぜわしく口を開いた。

「事件発生から二五分後の午後一〇時三〇分に大手SNSのツィンクルに次のメッセージが投稿された。現時点ですでに一万回を超えるRTが為《な》されていて、犯人のメッセージはトレンド入りしている」

小早川管理官の言葉に従って前方のスクリーンとテーブル上のPCにツィンクルの画面が表示された。

——午後一〇時五分に高座郡寒川町倉見の畑地で小規模爆発を起こした。我々の目的を達成するため、これから県内の狙ったポイントで爆発を繰り返してゆく。これは警告である。警告はやがて明らかになる。　ハッピーベリーツィンクルの投稿欄には、ピンク色の実の写真を使ったアイコンが表示されていた。

講堂内にざわめきがひろがった。

夏希は低くうならざるを得なかった。

またしても、確信犯である。犯人はなんらかの信念に基づき、目的遂行のために爆発を起こしたのだ。

それにしても、このメッセージは抽象的に過ぎる。

警告とはいったいなんなのか。

「いまだ報道が為されていないときに、正確な犯行時刻を告げていることからも、このメッセージは真犯人が発したものと見て間違いない。見ての通り、ハッピーベリーを名乗る犯人は、次の爆発を予告している。犯人が何を目的にして今回のような爆発を起こしたものかは明らかではない。また、警告の内容も示されていない。だが、次のメッセージは必ず投稿されるはずだ。犯人の今後の主張を待つしかない。投稿元アカウントの特定に向けて、国際テロ対策室で解析作業を続けている。また、犯人のアカウントは承認を受けた者だけがリプライできる設定になっているが、実質上、リプ欄は閉じられていると思量される」

小早川管理官は冴《さ》えない顔で説明を終えて座った。

「ハッピーベリーとはなにかね？」

福島一課長が小早川管理官にぼんやりと訊いた。

「ペルネチアという南米原産のツツジ科の常緑低木ですが、花ではなくピンク色や白などの実を楽しむ植物なのでハッピーベリーと呼ばれています。最近は女性を中心に人気があるようです」

ハッピーベリーの実はころんとした真珠のようでとてもかわいい。とくに淡いピンクの実は大好きだった。夏希は鉢を部屋で育てようかと思ったこともあるが、枯らすおそれが強いのであきらめた。

小早川管理官はきちんと調べたのだろう。

「現時点での捜査の進捗《しんちょく》状況をお願いします」

司会の言葉に捜査一課の若い男が立ち上がった。

「現場の畑にはコマツナなどの蔬菜《そさい》が植わっていましたが、爆破されたのは畑地の隅だったので、ほとんど被害は出ていません。犯行が畑地の所有者を狙ったものとは考えられないことから、鑑取りは困難な状況です。畑地の所有者はそのような被害を受ける理由は思い当たらないと言っています」

続いて立ち上がったのは石田だった。

「昨夜から付近住民の目撃証言を収集していますが、広い畑地で周囲には建築途中のアパートはあるもののすぐ近くに人家はありません。畑地の道を挟んだ反対側はブルドーザーやパワーショベルなどを停めてある建築機材置き場で金属塀が続いています。このような現場付近の状況から地取りは難航しています。現時点では怪しい人物を見たという者はおりません。また、周囲数百メートル圏内には防犯カメラも存在しないことから、映像の証拠も収集できない状況です」

石田は緊張気味の声で報告を終えた。

珍しく声を掛けてこないと思ったら、この報告のために心の準備をしていたようだ。福島一課長や茅ヶ崎署長、管理官たちや並み居る先輩刑事の前での報告は短いとは言え、石田にとっては心理的な負担が大きかったのかもしれない。

福島捜査一課長がふたたび口を開いた。

「報告の通り、ターゲットが明らかではないために鑑取りはできる状況にない。地取りに傾注するしかないが、こちらも厳しい状況だ。とは言え、犯人につながる目撃証言のみが現時点では唯一の手がかりと言わざるを得ない。捜査一課の捜査員、および茅ヶ崎署刑事一課と江の島署刑事課の捜査員は、全員が手分けして地取りに当たれ。仕切りは佐竹管理官に頼む」

「了解です」

佐竹管理官が歯切れのよい口調で答えた。

鑑取りまたは識鑑とは、被害者の人間関係を洗い出して、動機を持つ者を探し出す捜査をいう。また、地取りとは現場付近で不審者の目撃情報や、被害者の争う声などの情報を聞きまわる捜査をいう。どちらも刑事の重要な仕事である。

「一方、警備部は小早川管理官の仕切りで、爆破テロを計画しそうな危険団体についての捜査を進めてほしい」

福島一課長の言葉に、小早川管理官は打てば響くように答えた。

「わかりました。破壊活動防止法と団体規制法に規定する暴力的破壊活動を行う調査対象団体を中心として、危険人物を洗い出す作業に入ります」

「次の犯行が行われれば、県民の不安は大きくなる。なんとしても、食い止めなければならない。連絡を密にし、各自、持ちうる能力を最大限に発揮してほしい。わたしからは以上だ」

福島一課長の言葉で、第一回の会議は終わった。

「では、捜査一課と所轄刑事課の捜査員は後ろに集まってくれ」

佐竹管理官が声を掛けて、加藤や石田たちの刑事連中は講堂の出口付近に集まった。

警備部の部下たちに手早く指示を出した小早川管理官は、夏希の近くに歩み寄ってきた。

「真田さん、あなたには犯人への呼びかけをお願いしたいのです」

小早川管理官は丁寧な調子で指示した。

自分の役割は聞くまでもなかった。

「リプ欄が閉じられているってことは、ツィンクルのかもめ★百合《ゆり》のアカウントを使うんですね」

「そうです、いつものように、ツィンクルに犯人に対するメッセージを投稿してください。県警ウェブサイトの総合相談受付のフォームへの誘導を狙います」

なんでもないことのように小早川管理官はさらりと言った。

だが、ずいぶん慣れてきたとは言え、SNSで多くの人の前にかもめ★百合として自分をさらすことは気が重かった。ひと言でも投稿すると何百件もの興味本位のリプライがつくのだ。

おまけに、このアカウント名が情けない。

かもめ★百合は、神奈川県警の心理捜査官としての公式アカウント名である。

こんな名前をつけたのは織田だ。

織田はマシュマロボーイ事件のときに「ちょっと斜め上で安めのハンドルネームのほうが、相手の油断を誘える」という理由からこの名前を選んだ。

カモメとユリの花はともに神奈川県のシンボルである。

たとえば神奈川県職員の人事異動通知書、つまり辞令にはヤマユリの花の絵が描かれている。

県警もカモメを名前に採り入れたピーガルくんという男児キャラと、ユリにまつわる名前のリリポちゃんという女児キャラを使っている。

こんなに長く使い続けるなら、最初にしっかり反対してもっとマシなアカウント名を選べばよかった。

ハンドルネームはいまさら変えられないとしても、アイコンはそろそろ変更してほしい。

ツインテールで緑色の瞳《ひとみ》を持つ、萌《も》え絵キャラが自分を表していると思うと情けなくなる。

このアイコンを作らせたのは小早川管理官だった。

「では、投稿メッセージを考えましょうか」

小早川管理官は夏希の席の隣に立っていた。

「その前に、真田に話があるんだ」

背後から佐竹管理官の声が響いた。

振り返ると、佐竹管理官のかたわらに若い女性が立っている。

夏希は反射的に立ち上がった。

「別所美夕《べっしょみゆ》くんだ」

佐竹管理官が紹介すると、美夕と呼ばれた女性はさわやかな笑顔で頭を下げた。

「はじめまして、別所と申します」

「はじめまして、真田です」

なぜこの女性が現れたのかわからず、夏希はとまどいつつあいさつを返した。

やや面長の輪郭がきれいで、切れ長の怜悧《れいり》そうな瞳を持つかわいらしい女性だ。

小ぶりでいささか薄い唇は、引き締まっていて意志が強そうだった。

ショートボブの髪に薄いグレーのスーツを着ているが、警察官らしい堅い雰囲気はない。大手企業で働く女性のようにも見える。

「別所さん、先ほどは……情報係の方だったんですね」

小早川管理官の目尻《めじり》が下がっている。

どうやらすでに対面済みのようだ。

「そうだ、捜査一課情報係の巡査部長だ」

「情報係といいますと」

夏希はぼんやりと尋ねた。

「うん、捜査一課内で所管犯罪の情報と捜査資料の整備に関することを担当している係だよ」

佐竹管理官はにこやかに答えた。

捜査一課は大所帯だ。

指揮本部や捜査本部では、石田たちのような強行一係から七係の捜査員と一緒に働くことが多い。また、島津冴美《しまづさえみ》はＳＩＳと呼ばれる特殊捜査一係に属している。

だが、捜査一課には、企画係に始まって、初動捜査係、広域捜査係、児童虐待捜査係など、三〇近い係が存在する。

すべての係を夏希が知っているわけではなかった。

「はぁ……なるほど……」

なぜ、美夕が紹介されているのか、夏希にはわからなかった。

「実は、別所を真田の助手につけようと思ってな」

福島一課長が茅ヶ崎署の署長との話を終えて歩み寄ってきた。

「わたしの助手ですか」

驚いて夏希は訊《き》いた。

「ああ、彼女は情報係でさまざまな情報を扱う任務に就いている。真田の助手として働くには適任だ」

ゆったりとした口調で福島一課長は答えた。

「あの……助手の方をつけて頂くほどの仕事量はないように思うんですけど」

夏希はとまどいを隠せなかった。

「いいんだ。別所に雑用を言いつけてくれ」

「雑用って言っても、なにを頼んでいいのか」

「必要な書類や文書を用意させたり、PCのサポートをさせたり、あるいはほかの部署との連絡役をさせてくれ。秘書役と言ったほうが聞こえがいいかな」

福島一課長の言葉に、美夕はにこやかに微笑んでいる。

「でも……」

秘書役なども自分には必要がないと思った。

夏希が冴《さ》えない表情を浮かべていたためだろう。

福島一課長は困ったように笑って言葉を続けた。

「真田はいままでもネット上で犯人との対話を続けてきた。事件解決に多くの成果を上げてきたんだ」

「事件解決は多くの捜査員の皆さんのお力が集結した結果だと思います」

謙遜《けんそん》ではなかった。

自分の失敗で捜査があらぬ方向に進んだことも何度かあったのだ。

「いや、真田のネット上の対話能力は、刑事部一、いや県警一だ」

福島一課長は言葉に力をこめた。

「ありがとうございます」

夏希は面はゆくなって頭を下げた。

福島一課長が目顔で促すと、佐竹管理官が言葉を引き継いだ。

「正直言って捜査一課のそのあたりのノウハウはゼロに近い。SISの連中は、犯人との電話などでのやりとりにはじゅうぶんな訓練を受けている。だが、メールやダイレクトメッセージなど、テキストベースでの対話にはいまだに習熟していないと言わざるを得ない。そこで、別所を真田につけて、少し勉強させようと思っているんだ」

「ですが、わたしには誰かを教えるようなことはできません」

まったくの本音だった。

「いや、教える必要などないんだよ」

福島一課長が首を横に振って言葉を継いだ。

「彼女は心理捜査官ではない。真田のように心理学や専門的な知見を身につけているわけではない。むろん、博士号も医師資格も持っていない。だから門前の小僧でいいんだよ。真田の指示で雑用をこなすうちに、なんらかの得るものがあるはずだ。しばらくの間だけだ、彼女の面倒を見てやってくれ」

ここまで言われて断るわけにはいかない。

「わかりました。お役に立てるように努めます」

福島一課長と佐竹管理官に向かってはっきりと答えてから、夏希は美夕に向き直った。

「わたしになにができるかわかりませんが、一緒にお仕事しましょうね」

「ありがとうございます。どうぞよろしくお願いします」

歯切れのよい声であいさつして、美夕は深々と頭を下げた。

「こちらこそです」

夏希も頭を下げて応じた。

「ところで、真田。メッセージから犯人像についてわかったことはないか」

福島一課長は眉根《まゆね》にしわを寄せて訊いた。

「さすがに今回のメッセージは短すぎますよ。それに個性を感じさせる単語も見当たりませんので、犯人像を推察するのは無理です」

夏希は嘆き口調で答えた。

「うん、そうだな。なにかわかったら教えてくれ」

「了解しました」

夏希も少しでも犯人像に近づきたい。

「それから、今回も真田には、一度、現場を見ておいてほしいんだ」

福島一課長はにこやかな顔でつけ加えた。

「はい、もちろん行きます」

現場を見ておくことは、後に犯人とコミュニケーションをとれたときにも大いに役に立つことが多い。

「わたしは行けないが、誰かをつけてクルマで送らせる。犯人のメッセージが短いし、地取りもあまり成果が上がっていない。いつかの事件みたいに真田の現場観察が役に立つこともあるかもしれない」

「わかりました。成果が上がるかはわかりませんが」

「五里霧中で犯人を追っているのは、指揮本部にいる誰もが同じことだ。じゃあ別所のこととあわせて頼んだよ」

福島一課長と佐竹管理官はそれぞれの席に戻っていった。

「真田分析官、すごいですね。わたしなんて今日初めて福島一課長とお話ししたんです。話すだけで緊張しちゃうのに……一課長にあんなに信頼されているなんて」

美夕は尊敬の目で夏希を見た。

「福島一課長とは、いくつもの事件の本部でご一緒したから」

照れながら夏希は言葉を濁した。

初めて捜査本部に参加した頃は、誰もが異分子を見るような目で夏希を見ていた。

小早川管理官にしたところで、最初のうちは敵対する態度を取ることが多かったのだ。

何回も同じ事件を扱い、犯人に立ち向かってきたことで、福島一課長や佐竹管理官、小早川管理官との間に信頼関係が築かれてきたのだ。

「僕は警備部の人間ですが、ネット対応について言えば、真田さんと僕はコンビみたいなものなんですよ」

小早川管理官が身を乗り出した。

「小早川管理官は大変に優秀な方と、お噂はかねがね伺っています。よろしくご教導下さい」

階級でははるかに上の小早川管理官に対しても、美夕は少しも物怖《ものお》じせずにあいさつした。

「恐縮です。まぁ、たいしたノウハウを持っているわけではありませんが、お伝えできることはお伝えしたいです」

小早川管理官は嬉々《きき》として答えた。

しかし、いつから夏希と小早川管理官はコンビになったのだろう。

どうやら今朝からの小早川管理官の上機嫌の理由は、美夕にあるようだ。

そう言えば、彼女はいまどきのアイドルっぽい顔立ちとも見える。

美夕が好みのタイプで、小早川管理官は自分を売り込んでいるのかもしれない。

夏希は噴き出しそうになったが、顔の筋を引き締めて口を開いた。

「小早川さん、投稿メッセージ作りますね」

椅子に座り直すと、夏希は目の前のPCに向かった。

「いつもの調子でお願いします」

「ちょっと待って下さい」

夏希はキーボードに向かっていつもと同じようなメッセージを作った。

――ハッピーベリーさんへ　神奈川県警心理捜査官のかもめ★百合です。あなたとお話ししたいです。お返事をこちらのリプ欄か次のフォームに頂けますか？　お待ちしています。

続けて県警ウェブサイトの総合相談受付のフォームのURLを記した。

「いいですね、このままツィンクルに投稿して下さい」

小早川管理官は一読してさっとうなずいた。

「わかりました」

夏希はメッセージをコピペして、ツィンクルの投稿欄から送信した。

「真田分析官、あっという間にメッセージを作成なさるんですね」

大きく目を見開いて美夕は詠嘆するような声を出した。

「その分析官っていうのやめてくださる？」

夏希はやわらかい声でたしなめた。

「あ、はい……すみません」

美夕は小さくなって頭を下げた。

警察では通常は、名字に役職名をつけて相手を呼ぶ。福島捜査一課長、佐竹管理官、小早川管理官のような感じだ。夏希の場合は心理分析官が役職名だから、美夕の呼び方は正しい。

気の毒になって夏希は言葉を重ねた。

「役職名で呼ばれたくないっていうのは、単にわたしの好みだから気にしないで」

「はい、では、なんとお呼びすれば？」

「真田さんって、ふつうに呼んでくださいね」

「わかりました」

明るい声に戻って美夕は答えた。

「僕のことも小早川さんでいいですよ」

頬をゆるめて小早川管理官は言った。

「はい……真田さんも小早川さんもおやさしいんですね。ホッとしました」

「緊張してたの？」

「ええ、ふだんはPCに向かっていることがほとんどの仕事ですから」

美夕はさわやかな笑顔で答えた。

「緊張なんてしなくていいですよ。リラックスして自分の持つ能力を最大限に発揮するのが、この県警一優秀なセクションの特徴ですから」

小早川管理官は胸を張った。

だが、そもそも夏希と小早川管理官はコンビではないわけだから、セクションなどが存在するわけでもない。

「あの……わたしからもお願いがあります」

美夕は顔の前でかるく両手を合わせた。

「どうぞ、ご遠慮なく」

夏希は笑顔で答えた。

「わたしに対してはタメ口でお願いできますか。真田さんや小早川さんに丁寧語で話されると、なんだか答えにくくって」

身を縮めて美夕は頼んだ。

警部補である夏希は所轄では係長級だし、捜査一課でも主任に当たる。ましてや警視の小早川管理官は、中規模署である茅ヶ崎署なら署長と同じ階級だ。巡査部長の美夕にとって丁寧語で話されるのは気持ちが悪いのかもしれない。

「わかった。これからはタメ口で話すね」

「了解だよ」

夏希も小早川管理官も即座に答えた。

「お二人ともありがとうございます。ところで、いまのツィンクルへの投稿ですが、真田さんは緊張しないんですか」

「初めのうちは緊張したよ。でも、何度も同じような呼びかけをやっているから……」

「凶悪な爆弾犯人に最初にアプローチをなさったわけですが、わたしなら何時間も悩んでしまうと思います」

美夕は感心した声を出した。

マシュマロボーイの事件のときは、最初の投稿から犯人に対して挑発的なメッセージを送った。不安と緊張でマウスを持つ手が震えたような気がする。

あのときはすでに市民がケガをしていて、迅速に次の犯行を抑え込む必要性が大きかった。織田の指示で挑発的な言葉を選んだ。

だが、今回はあのときほど、差し迫った状況ではない。

「だいたいのケースでは、最初はごく簡単な、相手が答えやすいようなメッセージを選ぶの。犯人に対して緊張感を与えないようにやさしく呼びかけるんだ」

「メモをとってもいいですか」

美夕は夏希の目をまっすぐに見て訊《き》いた。

「ええ、どうぞ」

嬉《うれ》しくはなかったが、断るわけにもいかなかった。

スーツのポケットから小さな手帳と銀色に光るボールペンを取り出して、美夕はなにやら書きつけている。

「今回の犯人は、なんらかの目的を実行するために、寒川町での爆発を実行したのね。爆発の規模から見ても、これはメッセージ通りの警告と考えられる。犯人になんとか反応させて、本来の目的を探らなくては」

夏希の言葉に、間髪を容《い》れずに、小早川管理官がうなずいた。

「異論はないですね。僕もまったく同じ考えです」

「犯人は本来の目的を、わたしたち警察に言ってくるでしょうか？」

美しい眉根《まゆね》にちょっとしわを寄せて美夕は尋ねた。

「わたしは話してくれるのではないかと考えているの」

美夕がメモを取り続けているので、夏希もうっかりしたことは言えず、いささか緊張する。

「どうしてそのようにお考えですか」

瞳《ひとみ》を輝かせて、美夕は尋ねた。

「今回の事件のような確信犯は、どこかの段階で必ず自分の主張を公にするの。世間に対して訴えたいことがあるので、犯罪を実行しているわけだから」

「でも、警察に対して返事するっていうのは、犯人にとってはかなり抵抗感のあることなんじゃないんですか」

畳みかけるように美夕は訊いた。

「それは今までの実績から明らかだよ。真田さんが呼びかけたほとんどの犯人が、比較的短時間のうちに答えを返してきているんだ」

小早川管理官が得意げに言い添えた。

「もし、かもめ★百合のメッセージに答えないとしても、目的に言及した新たなメッセージをツィンクルに投稿すると思う。犯人自身が『警告はやがて明らかになる』と告げていることは信じていいと思うよ」

夏希の答えにうなずいて、美夕はふたたび口を開いた。

「警告っていったいなんでしょうか？」

美夕は真剣な表情でじっと夏希の目を見つめた。

「え？　警告の中身のこと？」

「真田さんなら、きっとなにかおわかりかと思って」

期待に満ちた美夕の顔つきだった。

「む、無理だよぉ。わたしは占い師じゃないんだからぁ」

夏希の声は裏返った。

「ごめんなさい」

美夕は肩をすぼめてしょげ返った。

「謝らないで。なんでも訊いていいよ」

「そんなやさしいことおっしゃると、質問魔になっちゃいますよ」

冗談なのか本気なのかわからない美夕の口調だった。

「い、いいけど」

いささか引きつった笑顔で夏希は答えた。

隣のPCのモニターを覗《のぞ》き込んでいた小早川管理官が、夏希を見て言った。

「ところで、さっそくクソリプがたくさんついていますよ」

「どんなリプがついてるんですか」

興味津々に美夕は小早川管理官のモニターを覗き込んだ。

「わぁ、スゴい。真田さんの投稿からほんの少ししか経っていないのに、こんなにたくさん」

美夕はモニターから顔を上げて叫んだ。

「いつもこの調子だよ。あっという間に数十のリプがつくけど、意味のあるものはひとつもないんだ」

小早川管理官はしたり顔で言って画面をスクロールさせた。

「『かもめ★百合始動！』『百合姐《ねえ》さん頑張れ！』みたいな好意的なリプが多いですね」

美夕は弾んだ声で言った。

「わたしをディスっているリプもいくらでもつくよ」

夏希はうんざりしたような声で答えた。

最初のうちは反応を気にしていた。だが、小早川管理官の言葉通り、意味のあるものは見られない。いつの間にか、リプを見ることもなくなっていた。

「ネット界では、かもめ★百合には、カリスマ的な人気がありますからね」

小早川管理官ははしゃぎ声を出した。

「やめてくださいよ」

夏希は顔をしかめて顔の前で手を振った。

一時間ほど経っても、ツィンクルの投稿に対する犯人らしき者の反応はなかった。

いつものことだが、県警フォームへのイタズラ投稿はなかった。

ふつうの人間は、さすがに警察に対してイタズラを仕掛けてくる度胸はない。

「反応がありませんね」

美夕が短く息を吐いた。

「まぁ、そう簡単に犯人はアクセスしてこないさ」

小早川管理官はさらりと答えた。

「わたし現場に行ってこようと思うんですけど」

今回はとくに福島一課長に下命されたこともあったが、夏希は早く現場を見てみたかった。

「ああ、そうですね。いつものように犯人からアクセスがあったら、真田さんのタブレットに転送します。出先で対応して下さい」

「ええ、タブレットから対応します」

このやりとりも慣れっこになってきた。

最初のうちは、夏希が本部を離れることを小早川管理官は嫌がったものだった。

「わたしもお供したいです」

美夕が息を弾ませた。

「え……別所さんも？」

「ええ、わたしは真田さんの雑用係ですから」

「わかった。一緒に行きましょ。でも、雑用係って言うのはやめてね」

自分は雑用係などをつけてもらうような立場ではない。

「そうだよ、秘書役だって胸張らないと」

小早川管理官は覆い被《かぶ》せるように言った。

美夕はちょっと気まずそうな顔でうなずいた。

「はい、わかりました。では、秘書として同行させて頂きたいです」

きちんと背を伸ばして美夕は頭を下げた。

「じゃあ、佐竹さんに断ってくるね」

夏希としてはやりにくくて仕方がないが、これも刑事部のためなのだから、ガマンするほかない。

「ああ、現場に出かけるのか。いま、クルマを手配するんでちょっと待っててくれ」

佐竹は機嫌よく言った。

美夕と携帯番号やツィンクルのアカウントを交換してクルマが用意されるのを待った。

二〇分ちょっと待つと、連絡係の制服警官が駐車場にクルマが用意できたと伝えてきた。

美夕とともにエレベーターで一階に降りて、夏希はエントランスを出た。


【2】


右手の駐車場に停まっていたシルバーメタリックの覆面パトカーの助手席の窓が開いた。

「真田、現場まで送るぞ」

声を掛けてきたのは加藤だった。

「あ、加藤さんが乗せてってくれるんですか？」

「俺たち、JR相模《さがみ》線の倉見駅のまわりで聞き込みやってたんだけど、佐竹管理官が電話してきたんだよ。真田を迎えに来いってな」

加藤はにやりと笑った。

「すみません、ありがたいです」

「おや、お連れかい」

加藤はいぶかしげな顔で美夕を見た。

「あ、クルマのなかで説明します」

それだけ言うと、夏希は後部座席に滑り込んだ。美夕も後から乗ってきた。

「先輩、カトチョウの運転手はやっぱり俺なんですよ」

ステアリングを握るのは石田だった。

石田は夏希よりずっと早く入庁しているくせに、自分のほうが年が若いことを誇って
いつも夏希を先輩と呼ぶ。

「お役目ご苦労さまね、石田さん」

「まったく、やんなっちゃいますよ……あれ……そちらは？」

振り向いた石田は、美夕の存在に気づいて目を大きく見開いた。

「真田さんの秘書役の別所美夕と申します。どうぞよろしくお願いします」

美夕は明るい声で名乗った。

「へぇ、真田も偉くなったもんだな」

加藤の言葉に皮肉な調子はなかった。

「いえ、違うんです」

「本当は雑用係なんですよ」

美夕は嬉《うれ》しそうに言った。

「ち、違う」

夏希はあわてて叫んだ。

「雑用係をつけてもらうなんてたいしたもんだな」

今度の加藤の声は夏希をからかっている調子だった。

「あの、別所さんは研修って言うか……福島さんの方針で一時的にご一緒してるだけなんです。秘書じゃないし、ましてや雑用係だなんて……」

「真田、なに、汗掻《か》いてんだ」

加藤が噴き出した。

「やっぱり先輩、偉くなったんじゃないっすか」

石田はにやついている。

「そんなことないんだって」

夏希は顔の前で手を振った。

「ま、いいや、別所は本部の人間なのか？」

加藤はなんの気ない調子で訊《き》いた。

「はい、捜査一課情報係の所属です」

「そんな係あったっけ？」

「ありますよぉ。捜査一課内で犯罪情報と捜査資料の整備をしている係です」

「カトチョウ知らないんですか？　情報係には優秀なメンバーが集まってるって話ですよ」

「知らねぇよ。俺は所轄の人間だ」

「別所さん、僕も捜査一課ですよ。石田と言います。強行七係です」

石田が背中で得意げに言った。

「捜査会議で発言なさっていましたよね。はじめまして、石田さん」

美夕も初対面らしい。

「いやぁ、別所さんみたいな素敵な人がいるなんてなぁ」

なんだか石田は大いに売り込んでいる。

「うちは大所帯ですからね」

だが、美夕はさらりと受け流した。

「とすると、俺だけがのけ者ってわけだ。江の島署刑事課の加藤だ」

加藤は笑い混じりに自己紹介した。

「カトチョウは、みんなの親分じゃないですか」

「バカ、おまえみたいなデキの悪い子分持った覚えはねぇよ」

「へへへ、クルマ出しますよ」

石田は覆面パトをスタートさせて茅ヶ崎中央通りへと出た。

「加藤さん、爆弾の置かれていた場所ってわかりますか」

「ああ、石田と一緒に一度見に行ってるからな」

加藤はうなずいた。

しばらく進むと、高架道路が目の前をふさぐように延びていた。

「下道混んでましたから、圏央道《けんおうどう》使いますよ」

石田は茅ヶ崎中央ICの料金所へと入っていった。

「へぇ、こんなところに高速があるんですね」

ペーパードライバーの夏希は県内の道路をほとんど知らない。

「正確には自動車専用道路だけどな。このあたりでは、さがみ縦貫道路と呼ばれているが、圏央道から下道に下りずに、東名《とうめい》、中央道《ちゅうおうどう》、関越道《かんえつどう》、東北道《とうほくどう》に乗れるわけだからな。便利になったもんだよ」

一〇分くらい走ったあたりで、覆面パトは寒川北ICから一般道路へと下りた。

「へぇ、ずいぶん景色が違うんですね」

車窓から見える景色は、大きな工場や倉庫が中心だった。

その間に一戸建ての民家や畑がちらほら見えている。

「ああ、この道は県道四六号相模原《さがみはら》茅ヶ崎線って言うんだが、別名産業道路とも呼ばれている」

加藤の言葉通り、対向車にも大型トラックが増えてきた。

ラーメン屋や牛丼屋など、トラッカー御用達《ごようたし》らしい飲食店をときどき通り過ぎる。

交通量は少なくないが、歩道を歩く人や自転車などは見かけない。
まさに産業道路と言った雰囲気だった。
「もうすぐ現場ですよ」
右手にコンビニのある交差点を、石田は右に曲がった。
じゅうぶんにクルマがすれ違える道幅がある舗装路だったが、対向車はなかった。
道路の右側には広い畑地がひろがっている。
「あそこが現場だ」
加藤は畑地を指さした。
道路の左側は石田が捜査会議で説明した通り金属塀が続いている。
建築機材置き場ということだが、内部は見えなかった。
この道路沿いには、先のほうにもしばらく人家が見えなかった。
目撃者が見つからないのも不思議ではない場所だった。
十数メートル先の左側に警察車輛《しゃりょう》らしきグレーメタリックのバンが一台停まっている。
石田はバンの後ろに覆面パトを停めた。
夏希たちはクルマの外に出た。
産業道路からも見えていた右側の畑が現場のようだ。
細いアルミ支柱が立てられて、規制線の黄色いテープが道路と畑の間を仕切っている。
すでに鑑識標識などは片づけられているので、鑑識課の仕事はひと通り終わっているのだろう。

畑には部分的にコマツナらしき蔬菜《そさい》が植わっているが、ほとんどは夏野菜の収穫を終えて次の植え付けに備えている状態だった。

右手奥に建っている二棟の三角屋根のビニールハウスの前で、ふたつの影が動いている。

小さな影と大きな影と……。

小さい影は畑に鼻面をつけている。

「アリシアっ」

夏希は規制線テープをくぐって畑地に足を踏み入れた。

畑地を荒らさないように隅のほうを歩いて、夏希は奥へと歩みを進めた。

夏希は五メートルくらいの距離まで近づいた。

最初にアリシアが気づき、続いて小川が夏希の存在に気づいた。

アリシアは夏希を見て、舌を出してはぁはぁと息をした。

だが、ハーネスを装着してお仕事モードのアリシアは、すぐに鼻先を地面につけて匂いを嗅《か》ぎ始めた。

「ああ、真田か」

飽きるほど言ったのに相変わらず呼び捨てである。

「真田さんと呼びなさい」

「いつもそれだな……」

無愛想に答えてから、小川は言葉を継いだ。

「ちょっと待ってて、もう終わるから」

「わかった。アリシアいつも頑張ってるね」

夏希はその場で立ったまま、アリシアのお仕事ぶりを眺めていた。

加藤、石田、美夕の三人も後からやって来た。

小川の言葉に嘘はなく、しばらくするとアリシアの仕事は終わって、小川はハーネスを外してふつうのリードに取り替えた。

「ソート、ドゥ・エー・ソート」

小川はアリシアの首をかき抱いて愛の言葉をささやいた。

スウェーデン語で「かわいいよ。おまえはかわいい」という愛の言葉である。

小川が立ち上がると、夏希はアリシアの前にしゃがんだ。

つぶらな瞳《ひとみ》で夏希を見ると、アリシアは膝《ひざ》の上に両脚を掛けた。

アリシアの右目が見えないことを想い出して、夏希は胸が痛んだ。

彼女はかつて地雷探知犬だった。

カンボジアで地雷探査中に近くで爆発が起こって破片が右目を直撃したのだ。

その時の後遺症で右目が見えないばかりか、ＰＴＳＤ（心的外傷後ストレス障害）も持っている。大きな音はいまも苦手だ。

アリシアは訓練をスウェーデンで受けているので、命令の言葉も愛のささやきもスウェーデン語なのだ。

「アリシア、会いたかったよ」

夏希はガマンできずに、アリシアの首を両手で抱きしめた。

ふんふんと鼻を鳴らしたアリシアは、夏希の頰に自分の頰を擦《こす》りつけた。

「朝早くからほかの現場に出てたんで、こんな時間になっちゃったんだ。みんなもうとっくに帰っちゃったよ。連中が収集した証拠類は科捜研に廻《まわ》っているはずだ。それにしても上のほうはアリシアをこき使うよ」

小川は憤懣《ふんまん》やるかたない顔つきで、鼻からふんと息を吐いた。

「優秀だから、どうしても声が掛かっちゃうんだよね」

夏希はアリシアから身を離した。

「でも、ほらこれ見て」

小川は白手袋をはめた手でポリの証拠品収納袋を宙に掲げた。

「なにか見つけたの？」

「うん、アリシア、また、お手柄だよ」

背を反らすようにして小川は得意げな声を出した。

証拠品収納袋には、焦げてひしゃげた基板のようなものが入っていた。

「それなに？」

「わからんけど、なんかの基板だ。今回の爆弾を構成していた部品かもしれない」

「さすがアリシアだね」

夏希が頭を撫《な》でると、アリシアは気持ちよさそうに目を細めておとなしくしている。

「爆発時の衝撃で飛ばされて地中に埋まっているのを見つけ出したんだ。こういうのは、鑑識課のほかの連中は苦手だからね……」

地雷探知犬時代に得た能力を活《い》かしているのだ。

小川は初めて加藤たちに向かって頭を下げた。

「どうもっす……えと……誰？」

美夕を見た小川はけげんな顔で訊《き》いた。

「捜査一課情報係の別所美夕です。真田さんの助手です」

明るくはつらつとした声で、美夕は名乗った。

無言のまま、小川はぼーっと美夕の顔を眺めている。

「なんとか言ったら？」

じれったくなって夏希は小川の背中をかるくつついた。

「真田に助手がついたのか……」

小川はぼんやりとした声を出した。

「ちゃんとあいさつしなさい」

夏希は小川をたしなめた。

「どうも、小川っす、よろしく」

そっぽをむきながら、ぶっきらぼうに小川は名乗った。

もう少しマシなあいさつはできないものかと思ったが、美夕を見つめている小川の頬が赤くなっている。

小川は照れまくっているのだ。

そう言えば、美夕はどこかしら、小野木《おのぎ》ゆんに面差しが似ている。

アイドルグループ《オレンジ☆スカッシュ》のメンバーで、小川の推しの子だった。ある事件に巻き込まれて、現在は芸能界から身を引いている。

小川がそれ以上なにも言わないで突っ立っているので、夏希は仕方なく紹介した。

「鑑識課警察犬係の小川祐介《ゆうすけ》さんと、警察犬のアリシア」

「小川さん、よろしくお願いします」

美夕はにこやかに頭を下げた。

「あ……よろしく」

しきりと目を瞬《しばたた》かせて小川は返事した。

「アリシアって、とってもかわいいですね」

美夕は歩み寄って、アリシアの頭を撫でた。

犬が苦手ではないようだ。

アリシアはどこかきょとんとした顔つきで美夕を見ている。

「うん、かわいいよ」

小川の表情が少しだけイキイキとした。

「アリシアは小川の恋人なんだ。だから、こいつは女に興味がないんだよ」

加藤がからかうような口調で言った。

「違いますよ、カトチョウ。小川氏がアリシアに片思いしてるんですよ」

石田が笑い混じりに続けた。

だが、小川は言われるがままに黙って聞いていた。

「じゃあ、俺、本部に戻るから」

小川は右手をちょっとあげた。

「じゃあ、またね」

夏希が手をあげて答えると、小川はそのまま歩き始めた。

アリシアは尻尾《しっぽ》をピンと立てて姿勢よく小川の一歩先を進んでゆく。

夏希はもう少しアリシアとのふれあいの時間を持ちたかったのだが、この畑に遊びに来ているわけではない。

小川が鑑識バンのリアゲートを開けると、アリシアはしゅるっとケージに入った。

バンはそのまま走り去っていった。

「爆弾の置かれていた場所ってどこですか」

夏希は加藤に尋ねた。

「あそこに散水栓があるだろ」

さっき小川たちがいた場所とは反対の左側方向を加藤は指さした。

クローム色の散水栓があった。

「はい、畑の端ですね」

背後には、鉄パイプやスチール足場などの資材置き場が見える。

畑と資材置き場の間には行き止まりとなっている細い道路があった。

「うん、あの散水栓から右手に五メートルくらいの位置だ。なんとなく地面が荒れているだろう」

加藤が指摘した位置に夏希は視線を移した。

たしかに土色の地面が浅く掘ったように削れていた。

「あ、あそこですね」

「犯人は散水栓の奥の細い道路側から侵入したらしい。鑑識が足跡とれないって嘆いてたよ」

加藤は唇をちょっと歪《ゆが》めた。

「ありがとうございます」

夏希は加藤に礼を言うと、その場で爆破地点に向かってすっくと立った。

「出ました。真田さんの現場観察！」

石田がはしゃぎ声を出した。

「ごめんね、ちょっと放っておいて」

振り返ると、夏希は三人に向かって頼んだ。

「俺たちはもともと真田のお供だ。クルマへ戻ってようぜ」

加藤は静かな声で石田たちを促した。

「そうそう、邪魔者は消えましょう」

「わたし、飲み物、買ってきますね」

三人は道路の方向へ歩み去った。

心を静めるために、夏希は深呼吸を繰り返した。

現場観察では、大脳をまずデフォルト・モード・ネットワーク（DMN）に移行させる必要がある。

なにもせず、なにも考えないでいる状態。DMNは大脳のアイドリング状態である。外界からの刺激から独立した思考や、自分への内省の機能を持つとして、最近の脳科学研究はDMNを評価している。高度で独創的な思考をするためにはDMNが欠かせないという指摘もある。

数分後、夏希はゆっくりと目を開けた。

いちばんに目の前にある資材置き場の鉄パイプや足場が視界に飛び込んで来た。

右に視線を移すと、遠くに建築中の二階建てのアパートらしき建物が見えた。

白い樹脂の防音シートが風に小さく揺れている。

さらに右手を振り返ると、ビニールハウスが見えた。

真後ろからは産業道路を通り過ぎるクルマの騒音が響いている。

視界に入ってくる情報に、特段の意味合いは感じられない。

再現することも難しそうな、あまりに印象が希薄な景色だった。

神奈川県内のあちこちに、いや、全国の至る所にこんな場所はいくらでもあるだろう。

「いったいなぜ、犯人はこの場所を選んだんだろう」

夏希は低くうなった。

なにを警告するために、この場所で爆発などを起こしたのか。

ただひとつだけ、はっきりしていることがあった。

犯人は爆破による被害を避けていたと思われる点だ。

場合によっては散水栓が破損したかもしれない。

しかし、現実にはたった五メートルほどの距離の散水栓さえ被害を受けたようすはない。

まして道路を隔てた資材置き場が被害に遭うとは思えず、右手奥のアパート建築現場や背後のビニールハウスは言うに及ばずの距離にある。

畑地の所有者や、まわりの土地の利用者への被害を避けている。

これでは畑の所有者などの周辺を洗っても無意味なはずだ。

捜査会議でも指摘されていたが、有力な鑑はつかめないだろう。

どう考えても、この爆破はデモンストレーションに過ぎない。

メッセージが言うようにこの爆破はあくまでも「警告」なのだ。

念のため、夏希は現場をデジカメに収めた。

たいしたイマジネーションを得られなかったことに失望して、夏希は畑を出た。

覆面パトのそばで加藤と石田が立ったまま談笑していた。

歩み寄ってゆくと、二人はいっせいに夏希を見た。

「成果はどうだった？」

加藤が訊《き》いた。

「だめ……なんにも浮かんできません」

夏希は正直に答えた。

「そうだよなぁ、あまりにも月並みな景色って言うか、どこにでもある畑地だもんな」

額に横じわを浮かべて加藤は言った。

コンビニ方向から美夕が小走りに近づいて来た。

「お待たせしました」

美夕はレジ袋を顔の前で小さく振った。

「加藤さんは缶コーヒー、石田さんは紅茶、真田さんは、お好みがわからなかったんで、わたしと同じ緑茶にしました」

「ありがとう、いくらかな？」

夏希が訊くと美夕はかるく手を振った。

「あ、いいですよ。これくらい」

美夕が差し出したペットボトルを受け取って、夏希はキャップをひねった。

そのときだった。

誰かのスマホが鳴動した。

「指揮本部からですよ。なにか情報入ったかな？」

スーツのポケットからスマホを取り出して、石田は耳に当てた。

「えっ、本当ですか？」

石田の驚きの声が響いた。

「はい、いま、わりあい近くにいます……わかりました。では、これから急行します」

電話を切った石田は、夏希やほかの二人を意味ありげな目つきで見た。

「どうした、石田。なにかあったのか？」

加藤の言葉に、石田はあごを引いて厳しい顔つきで口を開いた。

「第二の爆発が起きてしまいました」

石田の目がいくぶん吊《つ》り上がっている。

「えっ！」

夏希は短く叫んだ。

「なんだって！」

加藤の声もさすがに裏返った。

「どこでですか？」

美夕は震え声で訊いた。

「藤沢《ふじさわ》市打戻《うちもどり》の果樹園です。ここから七キロくらい東へ行った場所です」

「すぐ近くだな」

加藤がうなった。

「つい先ほど、一〇時五七分に、たまたま向かいの畑にいた農家の人から一一〇番通報があったそうです」

「被害状況はどうなの？」

夏希は急《せ》き込んで訊いた。

「まだ、所轄も機捜も現場に着いていないのではっきりしたことはわからないとのことです。でも、爆発は小規模で救急車の出動要請もないので、人的被害は出ていないみたいです」

石田の言葉に、夏希は胸をなで下ろした。

だが、気がかりなことがあった。

「ツィンクルに犯人からの犯行メッセージは出てるの？」

「出ているみたいです」

「同一犯人なのね？」

「たぶん……佐竹管理官は詳しいことは話してくれませんでした」

石田は言葉を濁した。

「ちょっと待ってろよ」

加藤が自分のスマホをタップした。

「あったぞ。これだ」


——第二の爆発を一〇時五〇分に藤沢市打戻で起こした。これからも我々は警告を続ける。　ハッピーベリー

投稿時刻は一〇時五二分で、アカウントのアイコンはピンク色の実の写真だった。

「一一〇番通報より前だ。間違いなく犯人の投稿だ」

加藤は低くうなった。

「やっぱりハッピーベリーなの……」

夏希はかすれた声を出した。

「犯行直後に投稿しているんだから、まず間違いないだろう」

加藤もうそ寒い声を出した。

白昼堂々、第二の犯行は実行されてしまったのだ。

「佐竹管理官が、現場に真田さんをお連れするようにと言っています」

石田は親指を後ろに曲げて覆面パトを指さした。

夏希のスマホにも着信があった。

ディスプレイには小早川管理官の名前が表示されている。

「真田さん、また爆発が起きてしまいました。藤沢市内です」

小早川管理官の声には緊張感があった。

「いま佐竹さんから石田さんへの電話で知りました」

「ツィンクルに犯行メッセージが出てます。投稿時刻等から間違いなく第一事件の犯人のハッピーベリーのアカウントです」

「いま見ていますが、一一〇番通報より前の投稿ですね」

「かもめ★百合から第二のメッセージを発信しましょう」

小早川管理官は気負い込んだ。

「佐竹さんから現場へ行くように言われてるんですけど」

「あ、そうか……」

「小早川さん、書いて下さいよ」

「む、無理ですよ」

小早川管理官は舌をもつれさせた。

「じゃあ、移動中のクルマのなかで書きます。小早川さんのPCに転送しますから、チェックしてから投稿をお願いします」

「わかりました。待ってます」

小早川管理官は電話を切った。

「じゃあ、行きましょう。皆さん、クルマに乗って下さい」

石田の言葉に、夏希たちは覆面パトに乗り込んだ。

しばらく工場地帯を進んだクルマは東海道新幹線の高架下をくぐり抜けた。

たまたま上りの列車があって、轟音《ごうおん》とともに走り去った。

クルマは何度も角を曲がって東方向へと向かった。

やがて、工場は消えて、畑地や観光農園ばかりが続くのどかな景色となった。

以前、小早川管理官から渡されたタブレットを取り出して、夏希はメッセージを打った。


——ハッピーベリーさんへ。あなたがなにを訴えたいのか、わたしはとても知りたいのです。わたしでお役に立てることはありませんか？　お話を聞きたいです。お返事をこちらのリプ欄か次のフォームに頂けますか？　お待ちしています。かもめ★百合

「なるほど、これもカウンセリングマインドに基づく呼びかけなんですね」

隣で美夕が感嘆の声を出した。

「まぁ、カウンセリングが根っこにはあるけど、あんまりつよく意識はしてないよ。いつだって迷いながらメッセージ書いてるんだ」

「とてもそうは見えません。真田さんは自信にあふれているように見えます」

「そんなことないって。いつもドキドキだよ」

「それでもノウハウのようなものはあるんですよね？」

夏希はちょっとだけとまどった。

精神科医や臨床心理士としてのたくさんの臨床経験から、ノウハウはつかんでいるはずだ。

だが、言語化するのは簡単なことではなかった。

「ひとつだけ言うと、あくまで『わたし』が『あなた』に話しかけようとしてる」

「どういう意味ですか？」

「神奈川県警の一員として話しているんじゃなくて、かもめ★百合という個人として話しかけているというスタンスを保つようにしているの」

「なるほどぉ」

「一人の人間として、一人の人間に向けて言葉を発することを基本としているわけね」

「すごく勉強になります」

美夕は目を輝かせた。

夏希はメッセージを小早川管理官に送信した。すぐに「これでいいです。投稿しますね」とのレスが来た。

小さな川を渡ると、運転席から石田が声を掛けてきた。

「相模川に注ぎこんでいる目久尻川《めくじりがわ》というんですが、ここから藤沢市ですよ」

「同じ藤沢でも江の島や鵠沼《くげぬま》あたりとは、ぜんぜん違う景色ね」

夏希は驚きの声を上げた。

「そうだな、藤沢は北と南で大きく景色が違うんだ。俺も自分のいる江の島署と同じ市内とは思えないよ」

加藤は小さく笑った。

しばらくすると片側二車線で中央分離帯のある立派な道路に出た。

「この道路は藤沢市道遠藤宮原《えんどうみやはら》線と言うんだが、この先に慶應《けいおう》大学湘南《しょうなん》藤沢キャンパスが開設されたことなどに伴って一〇年ほど前に開通したばかりだ。それまではこのあたりに東西を結ぶまともな道路はなかったんだよ」

加藤はしたり顔で教えてくれた。

道路の両側はまったくの田園風景となった。

ビニールハウスや温室がちらほら見えている。

「電話で聞いた住所に近づきますよ」

石田は言ったそばからけげんな声を出した。

「え？　ここを曲がるのか？」

首を傾げながら、石田は宇都母知《うつもち》神社入口という交差点を左折した。

畑地のなかをセンターラインもない道がまっすぐに延びている。道路の両側にはぽつぽつと住宅が見えるが、ほとんどの領域が畑地であった。

しばらく進むと道は狭くなって、クルマがすれ違えないほどの道幅になり、突き当たったところはうっそうとした雑木林だった。

「ここを右へ曲がるのか……」

石田がステアリングを右に切った。

林のなかには農道と思《おぼ》しき狭い道が続いている。

「すごーい。なんだか旅行に来たみたい」

美夕がはしゃいだ。

「この先に秘湯の宿があるといわれたら、信じてしまいそうね」

夏希も素直に驚いた。

函館周辺でも街からちょっと離れないと、こうした林は見られない。

まさかこれほど緑豊かな場所が藤沢市内にあるとは夢にも思わなかった。

「わたし、以前、藤沢北署にいたんですけど、こんな場所があるなんてまったく知りませんでした」

美夕は目をぱちくりさせて車窓に流れゆく雑木林に見惚《みと》れている。

ちょっと走ると、いきなり視界が広がった。

道路の両側には広々とした畑地と果樹園がひろがっている。

「もうちょい先だな」

左手の民家を過ぎると、完全に人家が見えなくなった。

前方で何棟かのビニールハウスが陽光に光っている。

「ああ、あそこだな」

現場はすぐにわかった。

すでに覆面パトが一台到着していたのである。

赤色回転灯が廻《まわ》っている。

道が狭いので左側の路肩に乗り上げるようにして、シルバーメタリックの覆面パトは停まっていた。

石田はそのすぐ後ろに、同じように路肩に乗り上げるようにして停まった。

夏希たちは次々にクルマの外に出た。

右手の畑地にはネギかタマネギかが植えられていた。

左側は樹木がパラパラと植えられている果樹園だった。

すっかり葉が落ちているが、梨の木のように思われる。

果樹園のなかにスーツ姿の二人の男が立っていた。

四〇年輩と石田と同じくらいの年頃の二人は、腕に「機捜」の腕章を巻いて、耳に受令機のイヤフォンをつけていた。

石田が先頭になって、夏希たちは男たちに近づいていった。

「あ、ダメだよ。ここに入っちゃ」

年かさの男が両手を左右に振って、夏希たちを押しとどめようとした。

腕章に印がないので、巡査部長だろう。

「ご苦労さん、お早いお着きですね」

石田はにこやかに答えを返した。

年かさの男は石田を関係者と気づいたようである。

「あんたたちは？」

「捜査一課の石田です」

「なんで捜一がこんなに早く来るんだ？　所轄もまだなのに」

男はけげんな顔で石田を見た。

「たまたま倉見の第一現場にいたんですよ。で、茅ヶ崎署に立っている指揮本部からの指示で来ました」

「ふうん……平塚《ひらつか》分駐所の中川《なかがわ》だ。皆さん、捜査一課なのかい？」

疑わしい顔つきのままで中川は訊《き》いた。

「わたしは捜査一課の別所です」

美夕が素早く答えた。

「俺は江の島署刑事課の加藤だ」

「わたしは科捜研の真田です」

夏希が名乗ると、中川は夏希の顔を指さして叫んだ。

「あ、あの刑事部の有名人か！　かもめ★百合だな！」

「いや、それはあくまでネット上の仮の名ですから……」

夏希は口ごもった。

「難事件をたくさん解決した美人心理分析官だろ」

中川はにやついて言った。

機動捜査隊は同じ本部の刑事部所属だから、中川たちが夏希の存在を知っていても不思議ではなかった。

だが、自分の名前が知られていることは、夏希にとって決して嬉《うれ》しいことではない。

なにかミスをすれば、瞬く間に刑事部内にひろがってしまうおそれがあった。

「どうも、平塚分駐所の木村《きむら》です。真田さん、別所さん、お目に掛かれて光栄です」

若い刑事はにこやかにあいさつした。

「馬鹿野郎、木村、あんまし売り込むんじゃねぇ」

中川は木村の背中を小突いた。

「で、爆発現場はどこなんだ？」

加藤がぶっきらぼうな口調で訊いた。

「あの木の根元だよ」

中川は七メートルほど先の樹木を指さした。

「なるほど、なんか散らばってるな」

加藤は目を凝らして言った。

「そうだ。あれが爆弾の破片だよ。だけど、たいした爆弾じゃないようだ。子どものオモチャみたいなもんだろう。後で鑑識が証拠集めに来りゃあはっきりするだろうけどな」

「倉見の現場の爆弾もそんなのだったらしいぞ」

「だけど、時限式らしいんだ」

「時計のかけらでも見つけたか？」

加藤の問いに中川は首を横に振った。

「さっきまで道を挟んだ畑に近くの農家の人がいて作業してたんだ。いきなり爆発が起こって、火柱が三メートルくらい上がったそうだ。だけどな、朝から誰一人として、この梨園には入っていないって言うんだよ。携帯で通報したのはその人だよ」

中川は爆破地点のあたりに視線をやって答えた。

「じゃあ、たいした被害は出なかったんだな」

「被害もなにも……ボォーンと爆発音がして破片が散らばったくらいのことだよ」

夏希は中川の言葉を聞いて、あらためてホッとした。

「梨園の所有者も来たけど、被害がないことを確認してすぐに帰っていったよ。ちょっと話を聞いたが、自分が爆弾なんぞ仕掛けられる覚えはないと言っていた」

「目撃者も少なそうだな」

中川は渋い顔でうなずいた。

「隣の農家の人の話だと、九月中旬に梨のもぎ取りが終わると、しばらくは誰もこの果樹園には来ないそうだ。どだい、この一帯はふだんから人の少ない場所だってさ」

「うん、たしかに農家の人以外は通りそうもない道だなぁ。地取りも難しそうだな」

加藤の言葉に中川はかるく顔をしかめた。

「そうなんだ。見ての通り、このあたりは防犯カメラの一つもありゃしない。農家の人以外に足を踏み入れる者もいない場所だ。目撃証言はとれないだろうな」

「倉見の現場以上に人気《ひとけ》がない場所だな」

加藤は鼻から息を吐いた。

「ところで、あんたたち、なにしに来たんだい？」

中川は首を傾げた。

「指揮本部の刑事部管理官の指示で、真田分析官が現場観察をされるんですよ」

石田は肩をそびやかした。

「へぇ……管理官がねぇ」

管理官は中川たちにとっても、ふだんは話すことのない階級なのだ。

「だから、しばらくの間、僕たちは道路に出ていたほうがいいんです」

石田が人払いをしてくれている。

「わかった。えらい人の考えていることはよくわからんけど、邪魔しないようにするよ」

中川は素直にうなずいた。

「ありがとうございます」

　夏希は頭を下げた。

「でも、真田さん、この場所あたりから動かないで現場観察とやらをして下さいね。鑑識が入る前なんで、現場を荒らすとマズいから」

「はい、わかっています。ここから動かないで観察します」

　夏希ははっきりとした声で言った。

「じゃあ、みんな外に出るぞ」

　加藤が音頭をとった。

　夏希を残して、ほかの者たちは道路へと退散した。

　DMNモードにふたたび入る。

　こころを鎮めてゆくのはなかなか難しく、一定の訓練を要するものだ。が、この場所は至って静かで、比較的容易だった。

　目を開けると、深い山里にいるのかと勘違いしてしまうような景色だった。

　葉が茂ったり、梨の実がなっていたりすれば、きっとさぞかし美しい光景が広がっているだろう。

　倉見の第一現場も、この打戻の第二現場も、犯罪とはまったく無縁に思える場所だった。

「なぜ、こんな場所で爆発を起こしたのだろう……」

夏希は独り言をつぶやいた。

犯人の心理に迫ってゆくことはとてもできそうになかった。

それでも、気を取り直して夏希は何枚かの写真を撮った。

後で役に立ったことはほとんどないような気がするが、記録を残すことも大事だと考えてはいた。

実りのない現場観察を終えた夏希は、加藤たちの待つ場所へと戻った。

「どうだ？ なにかわかったか？」

加藤が声を掛けてきた。

「いいえ、無理ですね」

夏希は冴《さ》えない声で答えた。

「たしかに、こんな場所で爆発起こす意味がわからないな」

加藤は唇を突き出した。

「そうなんです。被害を避けようとしていることは明らかですし、犯人の目的がまったくわかりません」

「犯人の目的……警告ってのは皆目つかめないな」

「そうなんです……」

夏希は肩を落とした。

「一つだけ言えることがあるな」

身を乗り出すようにして夏希は訊いた。

「ふたつの現場は、人口密集地域に隣接してぽかんと空いた隙間のような田園地帯ってことだ」

「なるほど……そうですね」

「ここなんかはっきりしているが、慶應大学ができて遠藤宮原線が開通するまでは、アクセスがよくない場所で、住宅地とならなかった土地だ。だから、こうして農地が残ったんだ」

「最寄り駅はどこですか？」

「まずは湘南台《しょうなんだい》駅だ」

「ああ、ブルーラインの終点ですね」

夏希の家は横浜市営地下鉄ブルーラインの舞岡駅の近くだった。

「そうだ。もともとは小田急《おだきゅう》江ノ島線の駅だったが、相鉄《そうてつ》線とブルーラインが乗り入れた。だけど、直線距離でも四キロ以上あると思う」

「四キロとなると、ふつうは歩かない距離ですね」

「歩くとなると、小一時間かかるからな」

「ほかにも最寄り駅があるんですか」

「ＪＲ相模線の倉見駅と宮山《みややま》駅のほうが直線距離では近いかもしれない」

夏希は耳をそばだてた。

「第一現場の倉見ですか」

「そうだよ。だけど、まっすぐに通っている道がないから、実際には湘南台駅より遠いかもしれないな」

「たしかにここへ来る途中でも何度も曲がりましたね。二つの現場になにか関わりがあるんですか」

「第一現場の倉見あたりと、第二現場のここらとでは地域的な連続性はあまりないな。それに藤沢市内としては交通不便地域だよ。要するに街と街との狭間《はざま》さ」

「だから、こんなにのどかな景色がひろがっているんですね」

「ま、そういうことだ。ついでに言うと、第一現場は倉見駅には近いが、JR相模線は茅ヶ崎と橋本《はしもと》を結ぶ線区なんで、茅ヶ崎や厚木《あつぎ》などで乗り換えないと都心や横浜の中心部には通勤できない」

「あ、そうか。東海道線や小田急線沿線とは違うわけですね」

加藤はうなずいた。

「湘南地域の通勤客は、圧倒的に東西移動だ。南北に通っているJR相模線はあまり便利な路線とは言えない。おまけに単線なので移動に時間が掛かる」

「へぇ、県内に単線なんてあるんですか」

「ほかにあるかどうかはよく知らないが、いつぞや橋本駅が最寄りの相模原北警察署に用事で行ったときに乗ったんだ。そしたら、やたら遅くてな」

加藤は顔をしかめた。

夏希の祖父母の家があった大沼《おおぬま》公園あたりの函館本線は単線だった。少女時代まではよく遊びに行っていたので、単線区間では列車の交換で時間を食われることはよく知っていた。

「それにしても加藤さん、詳しいですね」

夏希の感嘆の声に、加藤は唇の端をひょいと持ち上げてほほえんだ。

「同じ市内に江の島署があるし、寒川町を管轄している茅ヶ崎署はお隣さんだ。これくらいのことは知っているよ。刑事ってのは、異動したらまずは管内周辺の土地勘を養わなきゃなんないからな」

「なるほど、管内周辺を聞き込みに廻《まわ》るんですもんね」

「そうだよ、隣接地域のことだってしぜんと詳しくなるよ」

加藤はシニカルな笑いを浮かべた。

「だから、本部と所轄がしっかりタッグを組んでこそ、いい捜査ができるってわけですよ」

石田が調子よく言った。

「おまえ、いつも俺と組むの嫌がってるじゃないか」

「そんなことありませんよ。カトチョウの豊富な捜査経験からいつも学ばせて頂いてます」

「じゃあ、しっかり教えてやるから、江の島署に来いよ」

「い、いや……毎日組むのはちょっと……」

「やっぱり俺と組むのが嫌なんだな」

加藤は凄《すご》んだ。

「決してそういうわけじゃあ」

石田はぶんぶんとかぶりを振った。

そのとき、遠くからサイレンの音が近づいて来た。

「藤沢北署かな？　あいさつするのも面倒だから帰るか」

加藤は誰に言うともなく言った。

「俺たちは、所轄に引き継ぐまではここにいなきゃなんないから」

顔をしかめて中川は笑った。

「そうか、機捜も機捜で大変だな」

加藤はまじめな顔で答えた。

「そうさ、朝から晩まで受け持ち地域をウロウロしてて、指令が入ればどこへでも駆けつけなきゃなんないからな。街なかならいろいろ忙しいが、この現場なんて何していいかわからんからな。手持ち無沙汰《ぶさた》だけど、さっさと帰るわけにはいかないんでね」

中川は肩をすくめた。

「ご苦労さんだな、じゃまた」

「ああ、江の島署も受け持ちだから、いつかまた」

中川はひょいと手をあげた。

「真田さん、別所さん、またお目に掛かりたいです」

木村は夏希たちに向かって明るく手を振った。

「だから、木村、売り込んでんじゃねぇ」

中川は掌《てのひら》で木村の背中をどんと叩《たた》いた。

「お疲れさまです、またお会いしましょうね」

どこかのコンビと似てるなぁと、笑いをかみ殺して夏希はあいさつした。

四人が乗り込むと、覆面パトは農道へゆっくりと走り出した。

「佐竹管理官の指示なんで、とりあえず茅ヶ崎署の指揮本部に戻りますね」

覆面パトはすぐに遠藤宮原線に入って、慶應大学湘南藤沢キャンパスの方向へと走り始めた。

中央分離帯には輝くような茶色に染まった並木が続いている。

「きれいですね。この並木」

「ここの名物のメタセコイアだよ」

振り返った加藤が教えてくれた。

「慶應大あたりからほぼまっすぐ茅ヶ崎に南下する道があるんですよ。指揮本部までそんなに時間は掛かりませんよ」

ステアリングを握る石田は明るい声で言った。

車窓からは青々と晴れた空が見えている。

気持ちのよい空とは裏腹に、現場観察の成果が上がらなかった夏希のこころは晴れなかった。

【3】＠二〇二〇年一〇月一九日（月）

指揮本部に戻ると、講堂はがらんとしていた。

刑事たちは戻っていないようだし、ちょうどお昼時とあって、食事に出ている者も少なくないようだ。

小早川管理官が足早に近づいてきた。

「真田さん、どうやら進展がありそうですよ」

息を弾ませて小早川管理官は言った。

ふたつの現場観察でこれといった成果が上がらなかっただけに、夏希は期待して訊《き》いた。

「メッセージに返事がありましたか」

「いえ、残念ながら……しかし、国際テロ対策室の解析がいい方向に進んでいます」

小早川管理官は目を輝かせて答えた。

「ツィンクルアカウントの解析に進展があったのですね」

夏希は身を乗り出して訊いた。

「そうです。いま、捜査一課の者が横浜地裁に令状請求に行ってます。令状が取れれば、ただちにプロバイダーに対して個人情報を開示させます。一時間もしないうちに、ハッピーベリーの正体が浮かんできますよ」

得意げに小早川管理官は肩をそびやかした。

「本当ですか！」

夏希は小さく叫んだ。

「よかった！」

美夕もスキップしそうな勢いだ。

「午後一時から第二回の捜査会議を開く予定です。そこで詳しいことを説明します」

小早川管理官は満面の笑みを浮かべた。

「福島さんや佐竹さんは食事に行ったんですか？」

「ええ、なんでも七、八分歩いたところの釜飯《かまめし》屋に、ここの刑事課長と一緒に出かけたそうです」

指揮本部が立ったといっても、怪我人も出ていないのだから、お昼くらい外に食べに出ても罰は当たらないだろう。

事件が緊迫の度合いを増すと、食べることや寝ることさえも満足にできなくなるのだ。

「小早川さんはお留守番なんですね？」

「幹部と管理官が一斉にいなくなっちゃ、いざというとき困りますからね。僕はサンドイッチ買ってきてますから」

「そう、お気の毒」

「いいんです。アカウントの解析が進んでいるんで、僕はいまノリノリですから」

小早川管理官は片目をつぶって自席に戻っていった。

「わたしもお腹空《す》いてきちゃったな」

夏希の言葉に加藤もうなずいた。

「そうだな、俺も朝はコーヒーしか飲んでこなかったからな」

「でも、ゆっくり飯食ってる時間ないですよ」

石田の言う通りだった。時計の針は一二時二五分を回っていた。

「わたし、お弁当買ってきます。すぐ近くにイオンがあったじゃないですか」

美夕は明るい声で言った。

たしかに駅側二〇〇メートルほどの位置にイオンがあったのを、朝、ここへ来る途中に見た覚えがあった。

「別所さんばかりに手間掛けさせちゃ悪いな」

本当に美夕を雑用係に使っているようで、ちょっと気が引ける。

「いいえ、真田さんのサポートはわたしの仕事ですから」

「そう、じゃお願いするね」

うなずいた美夕は、三人を見ながら訊いた。

「皆さん、なにを買ってきますか」

夏希はそんなにボリュームのあるものは入りそうもなかった。

「わたしはおにぎりがいいな。中身は鮭でも梅干しでも昆布でもなんでもいいです」

「カツが入ってりゃＯＫッす」

「俺は弁当ならなんでもいい。好き嫌いはあんまりないんだ」

「了解です。おにぎりに、カツに、おまかせですね」

美夕はショルダーバッグを肩から掛けると、講堂を飛び出していった。

夏希たちは講堂の後ろのほうの空いている席に適当に座った。

「小早川たちの仕事に期待したいな」

加藤がぽつりと言った。

「敵の正体がわかれば、いくらでも動けますからね」

元気よく石田は答えた。

「この事件は根が深いような気がしてたが、犯人がわかれば打つ手はいくらでもあるからな」

加藤の言葉には期待がにじんでいた。

夏希は、今日見てきた二つの現場のことをもう一度考えることにした。

デジカメの背面モニターで現場写真を再生してみる。

しばらくの間、写真を眺めながら夏希は考え込んでいた。

「だめだ……なにも浮かばない」

夏希は肩を落とした。

「真田さん、来て下さいっ！」

小早川管理官のけたたましい声が管理官席から響いた。

夏希の胸はドキンと鳴った。

「どうかしましたか？」

急いで管理官席に歩み寄ると、小早川管理官は自分のPCの画面を指さして叫んだ。

「ハッピーベリーから県警フォームに投稿が入りましたっ」

夏希は反射的に画面を覗《のぞ》き込んだ。


――かもめ★百合どのへ。ふたつの爆発を起こしたのは、我々が社会正義を実行しているからだ。我々は営利のためではなく、正義のために動いている。


「やっぱり社会正義なのね……」

夏希はのどの奥でうなった。

確信犯であるからには、正義を主張すると考えていたが……。
「返信して下さい」
小早川管理官は急《せ》かすような口調で夏希に指示した。
「わかりました。いま返信します」
県警フォームのレスは、公には表示されない仕様になっている。
犯人とだけの対話が成立するわけである。
——かもめ★百合です。わたしはあなたのおっしゃる正義の意味を知りたいです。
数秒でレスが入ったことを示すアラート音が鳴った。
——警告とともにやがて明らかになる。
——あなたのお気持ちを話して下さい。
——やがて明らかになる。
——わたしとしてはできるだけ早くあなたの考える正義について伺って、お力になりたいのです。

――また連絡する。

それきりレスは途絶えた。

「これで終わりか」

小早川管理官は悔しげに歯噛《はが》みした。

「もっと話してほしかったですね」

「ですが、正義を目的としていることだけははっきりしましたね」

「ええ、そうですね。まぁ、正義を標榜《ひょうぼう》するのはこうした犯人の場合は、通常のスタイルだと思います」

「標榜と考えていますか」

小早川管理官は夏希の目をじっと見つめて訊いた。

「標榜でないとしても、自分でそう思い込もうとしている可能性はあります。人間にとって、正義の実行は罪の意識を希薄化しますから」

「以前、真田さんは『正義の実行をするときに、人は他者の痛みに対して鈍感になる』という脳科学の理論を教えてくれましたね」

「あ、ドイツ人の女性神経科学者タニア・シンガー博士が、ロンドン大学ユニバーシティー・カレッジの研究チームを率いた実験ですね」

「ええ、被験者の前で囚人役の人に電気ショックを与えて、被験者の反応を見るという実験の話です」

「その状況で被験者の脳内組織の活性化状況をｆＭＲＩを用いて計測した実験ですね。受刑者役の人に電気ショックを与えると、すべての被験者の脳内組織で、痛みを感ずる部分が活性化する。つまり、人は他者の痛みを自分のものとして共感する能力を持っているという……」

「ミラーニューロンの働きだとおっしゃっていましたね」

秀才だけあって小早川管理官はしっかり覚えているようだ。

「そうです。ところが、被験者に、受刑者を裏切り者だと認識させると、とたんに被験者たちの痛みを感ずる脳内組織の働きが鈍化してしまうという結果が出ました」

「しかも、女性より男性のほうがその傾向が強いんでしたよね」

「ええ、少なくともシンガー博士の実験ではそういう結果が出ました。正義の実行をしたときに、腹側線条体や側坐核《そくざかく》など、いわゆる報酬系と呼ばれる部位が活性化するのは男性に多く見られる特徴です」

「報酬系は美味《おい》しいものを食べたり、お金を貰《もら》えて嬉《うれ》しいときなどに反応する脳内組織でしたね」

「おっしゃる通りです。そうした場合に快感を覚える部位です」

「つまり、正義を実行したがるのは女性より男性だと言うわけですね」

「もちろん比率の問題だとは思います。女性にだって、正義の実行をしたがる人は少なくないとは思いますよ」

「後を絶たないネットの誹謗《ひぼう》中傷事件や世界中で激化しているヘイトクライムの多くも、加害者はほとんどの場合に正義の実行を為《な》していると思い込んでいますからね。これからも我々にとって戦うべきは、そう言った『歪《ゆが》んだ正義』となっていきそうですね」

小早川管理官の言うことはまったく正しいだろう。

夏希がいままで扱ってきた事件では、正義を主張する犯人ばかりだったことを思い出していた。

今回の事件の犯人は、いったいどんな正義を主張しているのだろうか。

小早川管理官の電話が鳴動した。

「そうか、取れたか。じゃあ、すぐにプロバイダーに連絡を入れろ。大至急だぞ。一〇分以内に答えをよこせ」

小早川管理官は厳しい声で電話を切った。

令状が発給されたらしい。

「真田さん、捜索差押令状が出ましたんで、プロバイダーに契約者の氏名住所を開示させます」

小早川管理官の頰は紅潮していた。

「これで犯人を特定できますね」

夏希の胸も弾んだ。

「確実に捜査は進展します。ただ、契約者がハッピーベリー本人でない場合もあり得ます。家族の者などかもしれませんし、友人などから名義を借りているケースだって考えられます。そこで、いまの会話から、犯人の印象はつかめませんか」

小早川管理官は期待をこめて夏希を見た。

「難しいですね。非常に寡黙なタイプの犯人ですから」

夏希は言葉を濁すしかなかった。

「いまのやりとりでも、真田さんが正義の内容を尋ねても『やがて明らかになる』の一点張りでしたからね」

「ただ、ある程度の語彙《ごい》を持ち、文法的にも正しいカチッとした文章を書いています。教育の程度は高く、すぐれた頭脳を持つ人物であることは間違いないですね」

「僕も同じ考えです。常に自分のことを我々と呼んでいますが、複数犯の可能性もあるのでしょうか」

「わかりません。過去にも単独犯があえて我々と名乗ったケースがありました。自己の存在を覆い隠すためかもしれません」

「そう言えば、そんなこともありましたねぇ」

「あまりプラスになる対話にできず残念です」

夏希の言葉に、小早川管理官はかぶりを振った。

「いいえ、そんなことはありませんよ。ハッピーベリーにこちらと対話する意思があることがはっきりしただけでも、大変に有益だと思います。犯人が特定できても、身柄の確保に到るまでは対話は重要です」

「まぁ、これからも対話する機会はありそうですね」

「ええ、期待しましょう」

小早川管理官はずいぶん慎重な態度を見せている。

しかし、ハッピーベリーの住所氏名が特定されれば、その実像は明らかになるはずだ。

小早川管理官の電話がふたたび鳴動した。

「では、また後で」

夏希はかるくあごを引いて、加藤たちのいる後方の席に戻った。

「ただいまぁー」

両手にレジ袋を提げて美夕が戻ってきた。

「お疲れ」

加藤がねぎらいの声を掛けた。

「イオンが意外と混んでて、遅くなってしまいました。ごめんなさい」

美夕は肩をすぼめてしょげた顔で謝った。

会議まであと一五分ほどしか残っていなかった。

「刑事ってのは、いつも忙しいからな。早飯が癖になるんだ」

「高島《たかしま》署時代に、カトチョウに仕込まれたんで、問題ないっす」

二人とも美夕に大いに気を遣っている。

「わたしはおにぎりだけだから大丈夫」

夏希も同調した。

ペットボトルのお茶で、鮭と明太子《めんたいこ》のおにぎりを流し込んだ。

洗面所で歯を磨いて自席に戻ったときには、ほとんどの捜査員が帰ってきていた。

小川の姿はなかった。

いまごろ、鑑識課は打戻の現場に出張っているはずだ。アリシアも引っ張り出されているだろう。

管理官席の小早川管理官は佐竹管理官となにやら打合せをしている。

しばらくすると、茅ヶ崎署長と福島一課長が入って来た。

朝と同じ進行役が立ち上がって開会を告げ、すぐに佐竹管理官に振った。

「聞き込みに廻《まわ》っていた捜査員にも戻ってきてもらったのには、二つの理由がある。まず、残念なことだが、第二の爆破事件が起きてしまった」

佐竹管理官の言葉に捜査員たちはどよめいた。

第二事件を初めて知った者も少なくないようだ。

「現場は、藤沢市打戻の果樹園だ。午前一〇時五七分に付近住民から一一〇番通報があった。倉見の第一事件と同様の小規模爆発に留《とど》まり、幸いにも被害はほとんど出ていない。さらに人的被害はない。通報者の話では誰もいないところでいきなり爆発が起きたとのことで、起爆装置は時限式のものと思量される。現在、鑑識が現場で証拠収集作業を行っているので、爆弾の性質もいずれ明らかになるはずだ。この犯行直後に次のメッセージがツィンクルに投稿された」

——第二の爆発を一〇時五〇分に藤沢市打戻で起こした。これからも我々は警告を続ける。　ハッピーベリー

「投稿時刻の一〇時五二分は、住人による一一〇番通報の前で、真犯人の投稿とみてまず間違いない。現場は人通りがほとんどない雑木林や畑地沿いの農道近くで、目撃者は通報した隣の畑地の所有者以外には見つかっていない。もうひとつは明るい話題だ」

佐竹管理官は捜査員たちを見廻してゆっくりと口を開いた。

「捜査に大きな進展があった。ツィンクルにメッセージを投稿していたハッピーベリーのアカウント特定に成功した」

講堂内に明るいさざめきがひろがった。

「よっしゃ！」

「やったな！」

「首に縄つけて引っ張ってきてやる」

不規則発言も目立つ。

佐竹管理官はにこやかな笑みを湛《たた》えたまま、捜査員たちが静まるのを待った。

「詳細は小早川管理官から説明してもらおう」

佐竹管理官が振ると、小早川管理官はちょっと気取ったポーズで立ち上がった。

「警備部ではハッピーベリーのアカウントを用いてツィンクルに犯行メッセージを投稿していた人物が使用していたプロバイダーの解析に成功した。さらに、捜索差押令状を取得しプロバイダーの《ONモバイル》に対してこの人物の住所と氏名を開示させた。

プロバイダーの契約者の住所氏名を告げる」

スクリーンに一人の男の氏名と住所が表示された。


――村井貞雄《むらいさだお》　座間《ざま》市入谷西《いりやにし》六丁目五番九号　小山田《おやまだ》ハイツ一〇五号

捜査員たちがいっせいに手帳を開く音が響いた。

現在はこのような情報は各自の持つ携帯端末で共有できるが、昔ながらのクセで手帳にメモする者も少なくない。

「ただ、村井が真犯人と断定することはできない。家族や友人が、村井の契約しているプロバイダーを使っているかもしれない。だが、とりあえず被疑者として考えて差し支えない。ただし、座間署に確認したところ、この住所地に建っていたアパートは昨年暮れに解体され、別の低層マンションを建築中だそうだ。従って、村井は別の場所に引っ越しているわけだが、二年前に契約したプロバイダーには住所変更の届出をしていない。さらに、ハッピーベリーは真田分析官のツィンクルの呼びかけに応じて県警相談フォームにメッセージを入れてきた。次の通りだ」

小早川管理官の言葉に応じて、ハッピーベリーのメッセージがスクリーンに映し出された。

――かもめ★百合どのへ。ふたつの爆発を起こしたのは、我々が社会正義を実行しているからだ。我々は営利のためではなく、正義のために動いている。

続けて夏希との対話が表示された。

捜査員たちは食い入るようにスクリーンを眺めている。

「このメッセージからもわかる通り、ハッピーベリーは社会正義の実行を主張している。いわゆる確信犯と思量できる。真田分析官は現時点ではハッピーベリーの犯人像の特定は困難としながらも、教育程度の高いすぐれた頭脳を持つ人物と分析している」

捜査員たちは一瞬、夏希に注目した。

自分の判断を捜査員たちの共通認識とするのにはちょっととまどったが、まぁ、この程度なら間違いはあるまい。

そのとき連絡係の制服警官が小早川管理官にメモを手渡した。

連絡係は署長や福島一課長、佐竹管理官にも次々にメモを渡した。

「新たな事実がわかった。村井についてA号照会をしたところヒットした。傷害罪の逮捕歴がある」

小早川管理官は淡々と告げたが、講堂内にはふたたびどよめきが上がった。

「前科《まえ》持ちかぁ」

「なるほどね」

ふたたび不規則発言が起こった。

A号照会とは警察内部で犯歴照会を指す言葉である。県警本部の照会センターに問い合わせると、担当者は専用端末から警察庁の情報処理センターや各都道府県警察のデータベースに対して各種情報を照会し、その結果を照会を求めた警察官に伝える。

「村井貞雄は、一三年前の平成一九年九月七日、当時住んでいた相模原市内の飲食店で喧嘩《けんか》をしてほかの客を殴打し、全治二週間の軽傷を負わせている。本件は被害者への謝罪と示談がなされて起訴猶予となっている。さて、ここで重要なことを一つ言っておきたい」

捜査員たちを眺め回して、小早川管理官はおもむろに口を開いた。

「ハッピーベリーが村井貞雄であることは現時点ではほぼ確実だが、断定できるものではない。さらに重要なことは、ハッピーベリーが単独犯であるとする材料はない。メッセージは次の犯行をほのめかしている。各自さらに気を引き締めて犯人の確保に当たってもらいたい」

小早川管理官の声は凛《りん》と響いた。

最初に会った頃に比べて、小早川管理官もずいぶんと貫禄《かんろく》がついてきた。

福島一課長が口を開いた。

「捜査の方針を大きく変更する。捜査一課と江の島署刑事課の捜査員をふたつに分ける。第一班は地取り班だ。第二現場の打戻を中心に目撃者を探す捜査を重点的に行う。第二班は鑑取り班だ。まずは村井の身柄を捜索しなくてはならない。ただし、村井を発見しても絶対に触るな。では、佐竹管理官を中心に班分けをしてくれ。また、警備部の者は村井が調査対象団体等に所属した過去がないかを洗ってくれ。引き続き、調査対象団体等におかしな動きがないかどうかを調べてほしい。小早川管理官も言っていたが、犯人は次の犯行をほのめかしている。なにがあっても防がなければならない。各自連携を密にして、全力で捜査に当たってほしい。以上だ」

福島一課長の言葉で捜査会議は終わった。

ちなみに、ここでいう触るなというのは、被疑者と接触するなという意味である。

犯人が逃げようとしたときなどに緊急逮捕してしまうことがあるからだ。

仲間がいたときには、ほかの者は逃亡してしまうおそれがつよい。

加藤と石田が近づいて来た。

「お二人はどっちの班になったんですか」

美夕が訊《き》いた。

「鑑取りだよ。村井の身柄を捜すんじゃなくて、相模原での犯歴周辺を洗うことになった。まったく佐竹管理官のヤツは俺に厄介な仕事を振ってくるよ」

加藤は意外と楽しそうな口ぶりで言った。

「なんか言ったか？」

管理官席から佐竹管理官が訊いてきた。

「いえ、腕が鳴るって話してたんですよ」

加藤はすっとぼけて横を向いた。

「で、僕はまたカトチョウの運転手ってわけです」

「どっちにしても、相模原周辺を当たってくるから、しばらくここには帰ってこないな」

「加藤さんも石田さんも頑張って下さいね！」

美夕が両手の親指を上げて、“two thumbs up”のポーズをとった。

アメリカ人の最上の肯定表現である。「大満足」とか「最高だね」の意味を持つが、ここでは「全面的支持」の意味で使っているのだろう。

「ありがとうございます」

目尻《めじり》を下げて石田が礼を言った。

「石田さん、加藤さんにみっちり仕込んでもらいなさいな」

夏希の言葉に石田はわざとらしく身体を震わせた。

「いや、僕はですね……」

「じゃあな。まぁ、二人とも頑張ってくれ」

加藤は手を振って夏希たちの席を離れた。

「あれ、カトチョウ、待って下さいよぉ」

石田があわてて後を追った。

小早川管理官が近づいて来た。

「さて、リアルの村井の探索は加藤さんたちに任せるとして、真田さんには引き続き、ネット上でのハッピーベリーとの対話を続けてもらいたいです」

「でも、ハッピーベリーは寡黙な人ですからね」

「そうですねぇ、もうひとつはハッピーベリーの言う『正義』とか『警告』の意味を考えてみたいですね」

夏希は大きくうなずいた。

「なにせ、朝からふたつの現場に出たんで、ゆっくり考える暇がありませんでしたから」

「現場ではあまり収穫はなかったんですね」

「イメージ的なものはなにひとつ浮かびませんでした」

力なく夏希は首を振った。

「では、論理的に考えてみましょうよ」

「論理的に考えると言いますと」

「真田さんは実際に現場を見ているわけですよね」

「ええ、産業道路近くの畑地と、藤沢市内としては驚くほど緑の多い場所にある果樹園です」

夏希は今日見てきたふたつの現場を脳裏に描いた。

「そんな場所に爆弾を仕掛けてなんの意味があると思いますか」

畳みかけるように小早川管理官は訊いた。

「そうなんです。犯人の動機というか、犯行の意味を見出《みいだ》すことができなかったのです」

「話を聞いていると、僕にも意味のある行動には思えません」

「仮に、正義を実行するというのは標榜《ひょうぼう》しているだけで、実際には愉快犯だとしたらどうでしょうか」

可能性は低いと思いながらも、夏希は愉快犯説を提示してみた。

「過去にもあった劇場型犯罪ですか」

「それはあり得ないと思います。劇場型犯罪では観客が必要です」

「でも、たとえば、《ジュード》の事件で犯人は、あまり人が見ていないところで花火を上げていましたよね」

「しかし、あの事件では、犯人の本当の目的は恨みを持った相手の殺害でした」

「あの事件と同一線上で考えるとしたら……」

小早川管理官の言葉に夏希の背筋は凍った。

「ハッピーベリーが誰かを殺そうとしているということですか」

夏希の声が強張《こわば》っていたからか、小早川管理官はあわてて否定した。

「いや、そこまでは言ってません」

「爆破は、犯人にとってシンボリックなもの……祈りにも似たものということですか」

「ひとつの可能性としてです」

「いままで送られてきたメッセージには、そのような叙情性というか、情緒的なものは感じられませんでした。むしろ、非常に理性的、理知的な犯人像を感じます」

「では逆に、本当は営利目的とか？」

「それもありうると思いますが……」

「営利犯とはっきり言える根拠はないですね。そもそも、どんな営利につながるのか、僕には考えつきません」

「もう少し材料が増えてから、あらためて考えてみましょう」

「ええ、まだ材料不足ですよ」

小早川管理官との会話を終えても、なにも得るものはなかった。

それから何時間も、ハッピーベリーからのメッセージを待ち続けた。

しかし、着信を告げるアラートは鳴りをひそめたままだった。

美夕も手持ち無沙汰《ぶさた》そうに、隣の席で捜査資料を繰り返し読んでいる。

資料を持つ右手の輝きが夏希の目を引いた。

薬指にユニークなデザインの指輪をしている。

「別所さん、素敵な指輪をしているのね」

急に声を掛けたからか、驚いたように美夕は夏希のほうを向いた。

「あ、これですか……」

美夕は右手の甲を夏希に向けた。

銀色の植物のツルが角の丸い三角形を作っている。ボリューム感のある複雑な意匠だった。

手彫りだろうか。精緻《せいち》でキレのある素晴らしい指輪だ。

「すごくきれいね」

夏希はうっとりして指輪を眺めた。

「ありがとうございます。葡萄《ぶどう》のツルをかたどったものなんです」

美夕は嬉《うれ》しそうに笑った。

「ピンクオパールかな？」

「ええ、ピンクオパールとシルバー925です。葡萄のツルは豊かさを象徴するんだそうです。オパールはクリエイティブな運気を呼ぶ石です」

「いい組み合わせね」

「知り合いのデザイナーさんに作ってもらったんです。いくつものコンテストに入賞している人なんですよ。もちろんオリジナルデザインの手彫りの一点モノだから、すごく大事にしてます」

美夕は得意そうに右手を左右にかるく振って見せた。

「わたしもそんな指輪ほしいな」

「それよりも真田さんは早く婚約指輪ですね」

ギクッとした。

「え……なんで？」

「婚活中なんでしょ。石田さんから聞きました」

いかにもおもしろそうに美夕は笑った。

石田はいつの間に話したのだろう。

夏希は「ふつうの結婚」を求めていた。

幸せホルモンとも俗称されるオキシトシンが不足すると、不安を感じやすくなったり、イライラしやすくなったりする。

ずっと前から、夏希の脳内伝達物質のオキシトシンは分泌不足となっていた。

オキシトシンは恋人同士のスキンシップや心地のよい性行為では顕著に分泌される。

結婚こそが現状を改善できるもっとも有効な手段であると信じて、夏希は相手にふさわしい男を探していた。だが、いまのところ一緒に暮らせるような男を見つけられずにいた。

「あのおしゃべりめ。でも、いまは婚活はお休み状態だな」

ここのところ婚活らしい活動をしていなかった。

「素敵な相手が見つかるといいですね……」

しんみりとした調子で美夕は言った。

美夕らしくない、妙にまじめな顔だった。

よい相手と出会いたいと思っている女性はここにもいた。

結局、終業時刻を過ぎても、なにひとつ起こらなかった。

指揮本部に泊まり込む捜査員を尻目《しりめ》に夏希と美夕は六時過ぎには講堂を退出した。


【4】


夏希は、疲れ切って舞岡の自宅に戻ってきた。

まずはお風呂《ふろ》である。

夏希は毎日、かなり長い時間を掛けてバスタイムを楽しむことにしている。

警察の仕事は、言うまでもなく人間の負の側面を扱う。

だから、ワイン瓶の底の澱《おり》のように、人間の吐き出す毒が夏希の心身にたまってゆく。

そんな毒を身体から洗い流す時間は、明日《あした》の仕事をこなすために、夏希にはどうしても必要だった。

だが、今日見てきた二つの現場のことは気になっていた。

あまり見ないテレビをつけると、小規模とは言え、二日連続で爆弾が仕掛けられたことは大きく報道されていた。

寒川町と藤沢市という、隣接自治体で直線距離では七キロほどしか離れていないふたつの爆発に、付近の住民が戦々恐々としているようすが報じられていた。

湘南台駅などでインタビューを受けた人々は、平和な地域だけにショックは大きいという趣旨のことを次々に語っていた。

ニュースは「深まる謎」「警察の対応が注目される」と結んでいた。

そのあとのバラエティ番組でも取り上げる予定らしいが、夏希はテレビのスイッチを切った。

これ以上の情報量は、さらに毒をため込むことにつながりかねない。

夏希はバスルームへと向かった。

バスタブにぬるめのお湯を張り、バスソルトを入れた。

最近は、フランスのフレグランスブランドである《ロタンティック》のバスソルトがすごく気に入っている。《ラベンダーの庭》という名を持つ薄紫色の結晶は見た目にも美しい。

《ロタンティック》の歴史は、一九二〇年代に南仏プロヴァンス地方のシャトーヌフ＝

ヴァル＝サン＝ドナ村で、ジョセフィーヌという女性が始めた芳香蒸留所に端を発する。山裾《やますそ》にあるこの村はラベンダーで覆われていて、時季にはあたり一面が花の香りで満ちていた。ジョセフィーヌはフランスじゅうにその香りを届けたくて蒸留所を開業し、ラベンダーのエッセンシャルオイルを生み出した。やがて、全仏にラベンダーの香りのサシェ、ソープ、オードトワレなどが出荷されてゆく。

現在の《ロタンティック》社は、ジョセフィーヌの孫たちが、一九八〇年代に祖母の精神を復活させようと起業したものだが、フレグランスメーカーとしてはいまやフランスではきわめて有名な会社となっている。

夏希はボトルから紫色の結晶をいくつかつまむと、バスタブにパラパラと落とした。

夏希はじわっと溶けてゆくようすをしばし眺めていた。

疲れているときに起きる症状である。要するにぼーっとしてしまうのだ。

夏希は苦笑しながらバスタブに浸《つ》かって手足を伸ばした。ソルトの入ったお湯がじわっと身体に染みこんでくるような気がする。

添加物がなくミネラルたっぷりの塩は疲労回復に効果が高い。

それ以上に、このラベンダーの香りはどうだろう。

目をつむると、まるで咲き誇るラベンダー畑に座っているかのような錯覚に陥る。

ラベンダーの香りは、精神を安定させる鎮静効果が著しいという。

いまの時間にはぴったりの香りだった。

バスタイムにもBGMは欠かせない。

今夜はクリオやマエル、ポム、アロリナ、ジェイン、ジュリエット・アルマネあたりのフランスの若手女性シンガーソングライターが歌う曲から、自分でセレクトしたコンピのデータを流していた。

いま聞こえているのは、クリオの“Déjà Venise”という曲だった。直訳すると「すでにヴェネツィア」という変わったタイトルだが、冷めてしまった二人の愛を、沈みゆく古い都市にたとえているらしい。

ちょっと甘くやさしい声がバスルームに響き続けた。

「冷めてしまうものが恋だよね……」

夏希はつぶやいた。

そもそも誰に対しても熱い想いを持つことのない自分は、どこか欠けている人間なのだろうか。ただ、人への想いというものは、考え方でどうにかなるものではない。

自分はどこかいびつな人間なのかもしれない。

ひとり、夏希は苦笑した。

バスタイムを終え部屋着を着ると、一人きりのディナータイムの始まりである。

ふだんは夏希だってパスタを茹《ゆ》でたり、シチューを作ったりすることはある。

だが、指揮本部や捜査本部に参加した日は、横浜の駅地下で買う惣菜《そうざい》類が頼りだ。

もっとも男性のほとんどは、本部が置かれた所轄署の武道場などに敷かれたレンタル布団で雑魚寝《ざこね》を続ける羽目に陥る。

自宅に帰してもらえる夏希は幸せなのだ。

だが、家に帰れなければ、この仕事を続けていける自信は夏希にはなかった。

ともあれ、今夜は根室標津《ねむろしべつ》産の鮭を使った「秋味のマリネ」と、いつものお気に入り「鎌倉《かまくら》野菜のサラダ」を中心に、シェリー酒の晩餐《ばんさん》を始めた。

ワインは開けるとすぐに傷んでしまう。フルボトルひと瓶を飲むのは夏希にとっては容易《たやす》い。だが、毎晩そんなに飲んでは健康によくないと夏希は考えていた。

自分で決めているアルコール摂取量の目安としてハーフボトルくらいに留《とど》めたい。

だが、ハーフボトルでは選べるワインの種類に限りがある上に、割高になってしまう。

そんなときにシェリーの魅力を知った。

シェリーは、スペインのアンダルシア州カディス県のヘレス・デ・ラ・フロンテーラと、その周辺地域で醸造される酒精強化ワインである。白ワインをベースに独特の複雑な醸造過程を経て生産される。

ワインは酸化防止剤を添加しないと、やがて酸化して酢になってしまう。

もともと大航海時代に高級船員たちが、長い航海でも傷まないワインを求めたことで産まれた酒だけあって、シェリーは栓を抜いてもあまり変質しない。

夏希のライフスタイルにぴったりの酒だが、なんといってもそのさわやかな飲み口にひかれた。白ワインとは別種の香りと切れ味が夏希には魅力だった。

ほかの醸造酒にない魅力にハマってから、夏希は三日に二日はシェリーを飲んでいる。

バスタイムでくつろいだ身体にシェリーが入って、夏希の心身の毒は洗い流されていった。

DVDで楽しい映画でも観て寝てしまおうと思ったそのときだった。

テーブルの端に置いてあったスマホが鳴動した。

こんな時間の電話はロクでもないことに決まっている。

案の定、液晶に表示されたのは小早川管理官の名前だった。

「うー、なんで、いまなのよぉ」

夏希は歯噛《はが》みした。

部屋の外の林にスマホを投げつけてしまいたいくらいだった。

だが、無視するわけにはいかない。

これがわたしの仕事なのだ。

「はい、真田ですが……」

努力はしたが、どうしても無愛想な声が出てしまう。

「お休みのところすみません。小早川です」

小早川管理官は恐縮そのものの声音で名乗った。

「お疲れさまです。指揮本部ですか」

「ええ、指揮本部にいます」

時計の針は九時四五分をまわっている。小早川管理官はまだ働いているのだ。

もっと愛想よく出ればよかったと、夏希は少しだけ後悔した。

「遅くまで大変ですね」

なるべくあたたかい声を出すように夏希はつとめた。

「ありがとうございます……こんな時間にお電話したのはほかでもありません。たったいま、ハッピーベリーから県警フォームに投稿がありました……かもめ★百合をお名指しです」

「そうですか……」

夏希の声は乾いた。

指揮本部を出るときに、見ていろと言われなかったのでネットとは離れていた。

気にはなっていたが、いざとなれば連絡があると思っていた。

「大変恐縮なのですが、対話をお願いしたいと思いまして……」

遠慮がちに小早川管理官は言ったが、警察組織の常識的な言葉に置き換えれば「対話しろ」の四文字となる。

「わかりました。ちょっと待って下さいね」

夏希はカフェテーブルに置いてあった自分のPCを、ダイニングテーブルに移して電源スイッチを押した。

PCが起《た》ち上がると、すぐに県警フォームの受信欄にログインした。

一行のメッセージが視界に飛び込んできた。

——かもめ★百合どのへ。正義の実行のために今夜、第三の爆発を起こす。ハッピーベリー

夏希の背筋に冷たいものが走った。

「……爆破予告ですね」

かすれ声で夏希は言った。

「そうです。どうにか思い留まらせて下さい」

小早川管理官の声にも緊張がみなぎっていた。

「わかりました。やってみます」

夏希はスマホをハンズフリー通話に切り替え、小早川管理官との通信は維持した。

一瞬、考えた後、すぐにキーボードを叩《たた》いた。


——ハッピーベリーさん。かもめ★百合です。これ以上、爆破なんてことしないで下さい。あなたが傷つくだけです。わたしのこころからのお願いです。


「それでいいでしょう。投稿して下さい」

夏希は必死の思いで送信ボタンをクリックした。

「待ちましょう。電話はこのままつないでおいて下さい」

「わかりました」

ドキドキしながら五分ほど待つと、着信アラートが鳴った。

――そうはいかない。我々は正義を実行し続けなければならない。

――なぜ、そこまでして人々を不安にするのですか。

――ある悪人たちの被害に遭っている人々を救うためだ。不安になる人が現れることは我々の目的にかなっている。

人々を不安に陥れることが正義と主張している。

どういう意味だろう。夏希には理解できなかった。

――かたき討ちですか？

――違うな。かたき討ちなどではない。

——では、なんのために畑地や果樹園の爆破などを行うのですか？

——いま言った通り、被害者を助けるためだ。

——なんの被害者ですか？

——やがて明らかになる。

——二回の爆発で、たくさんの人が迷惑を感じてます。お願いです。もうやめて下さい。

——やめるわけにはいかない。

——でも、倉見や打戻の周辺に住んでいる人は日々安心して暮らせませんよ。

——人々が不安になることが我々の目的なのだ。

取りつく島もないハッピーベリーの答えだった。

夏希は迷いつつ、村井の名前を突きつけることにした。

――わたしには村井さんの気持ちがわからない。

臆《おく》するかと思ったが、すぐに返信があった。

――プロバイダーに照会したのか。しかし、わたしは村井ではない。だから、警察が村井を追いかけても無駄だ。

――本当に村井貞雄さんではないのですか？

――本当だ。

――では、あなたはどなたなのですか？

――ハッピーベリーを代表して投稿している人間だ。

――ハッピーベリーはグループですか？

——そうだ。社会正義を実行するためのグループだ。

——あなたの正義を教えてください。

——悪人の活動を封じ込めることだ。

——悪人って誰ですか？

——いずれ明らかになる。では、これから県内で爆発を起こす。

——待って下さい！

冷や汗を掻《か》きながら夏希はキーボードを叩き続けた。

——待って！　ハッピーベリーさん、返事をして！

夏希の必死の思いにもかかわらず、返信はそれきり途絶えた。

「まずいですね、ヤツは本気ですよ」

小早川管理官の声がスピーカーから響いてきた。

夏希は通常会話モードに戻して答えた。

「わたしもそう思います」

「ちょっと待って下さい。いちおう、福島さんと佐竹さんに連絡します」

「わかりました」

しばらく保留音が流れた。

「お待たせしました」

ふたたび小早川管理官の声が耳もとで響いた。

「対応できそうですか」

夏希の言葉に小早川管理官は冴《さ》えない声で答えた。

「県内と言っても地域がわからなければ、事前に警察官を派遣するわけにもいかない。各移動に無線で警戒するように指示はしましたが、絵に描いた餅《もち》で実効性はありません。これから爆破があるとわかっていても手をこまねいているしかないとは悔しいです」

歯嚙《はが》みする音がかすかに響いた。

「まったくですね。こちらに心理的負担を与えたくて、いまの爆破予告をしたのかもしれません」

小早川管理官は、小さく息をついて言葉を続けた。

「それは考えられますね……さて、いくつかのことがわかりましたね。第一に、ハッピーベリーは近隣に住む人々を不安に陥れることを目的としているということ。第二にそれは、ある特定の悪人の活動を封じ込めるための正義の行動であること。第三に自分は村井貞雄ではないということ。第四にハッピーベリーは個人ではなく、グループであること。真田さんは、これらの回答のなかに、どれくらい真実が含まれていると思いますか？」

小早川管理官の声には期待がこもっていた。

「第一の目的と、第二の動機にはある程度の真実があるように思います。正義の実行は繰り返し主張しています。悪人の活動を封じ込め、被害者を助けるという目的は真実なのではないでしょうか」

「ただ、どんな悪人なのかは明らかにしませんでしたね」

「ええ、いま開示すると、計画の実行が困難になるのだと思います」

「というと、つまり？」

「神奈川県警が警戒態勢を敷くと実行できないことを計画しているのかもしれません。わたしの感触では、ハッピーベリーは計画していた犯行がある程度実行できた後に、真の目的を伝えてくると思います」

「目的を教えてほしいですね。では、第三、第四はどうでしょうか？」

「さぁ……にわかに信ずることはできないと思います」

夏希には断言する自信はなかった。

「とすると、村井貞雄本人で、一人きりの犯行であるかもしれないというわけですね」

「おおいにあり得ます。テキストベースだと、相手の感情の動きが読めませんからね。ハッピーベリーが自分の存在を隠そうとして嘘を吐いていたとしてもなかなかわかりません」

このあたりは過去にも何度も苦労している点だった。

「おっしゃる通りですね。ＳＩＳの連中も、苦手な領域ですから」

「だからこそ、最近の犯罪者は音声電話を使わないのでしょう」

「ほかになにか気になることはありましたか？」

小早川管理官の声には、期待がにじんでいた。

「ひとつだけ……昼間、指揮本部で対話したときに比べていまのハッピーベリーはいくぶん饒舌《じょうぜつ》だったように思います」

「昼と夜とでは、別人が書いていたとか？」

「そこまで言い切る自信はありません。ともに語彙《ごい》は豊かで文体もしっかりしています。教育程度が高く、すぐれた頭脳をもつ人物との印象は変わりません」

急に小早川管理官の背後であわただしい人の動きが感じられた。

「ちょっと待って下さい。なにか動きがあったようです」

ふたたび保留音が流れ始めた。

夏希の鼓動は高まっていった。

「お待たせ致しました」

待ちくたびれたと思ったが、壁の時計を見ると二分くらいしか経っていなかった。

「やられましたよ」

小早川管理官は張り詰めた声で言った。

「第三の爆破ですか」

「ええ、予告通りですね」

「被害は出ていますか」

いちばんの不安だった。

「ちょっとした小火《ぼや》騒ぎがあったようですが、すぐに消し止められて被害はほとんどありません」

「よかった。本当によかった」

夏希はホッとして短く息を吐いた。

「現場は、横浜市瀬谷《せや》区上瀬谷町《かみせやちよう》の畑地です。隣接した人家はないのですが、爆発音に驚いた近くの住人が一〇時一七分に一一〇番通報しました」

「また、畑地なんですね」

「そうです。いずれにしても、たいした被害は出ていないようです。いままでの二件と一緒で農家にダメージを与えるための犯行とは思えないですねぇ」

小早川管理官は鼻から息を吐いた。

「ハッピーベリーの考える正義がまったくわかりません」

夏希は嘆き声をあげた。

「まったくです」

「わたしにはハッピーベリーの第三の犯行を防ぐことはできませんでした」

夏希は肩を落とした。

「真田さんのせいではありませんよ。気にしないで下さい」

「いま、県警フォームから呼びかけても無駄でしょうか」

「試してみて下さい」


――かもめ★百合です。あなたは三番目の爆破をしたんですね。あなたの怒りを共有したいです。


だが、いつまで待っても返信はなかった。

「やっぱり無駄なようですね」

夏希は浮かない声を出した。

「仕方ありませんよ。続きはまた明日《あした》にしましょう。よく眠って頂いて明日の捜査に備えてください」

「ありがとうございます。小早川さんも徹夜などしないでくださいね」

「少しは仮眠しますから大丈夫です。あ、そうだ……明朝、九時から捜査会議があります。そのときにまた」

小早川管理官は電話を切った。

リラックスモードは台なしだった。

それどころか、夏希は最悪の精神状態になってしまった。

こうなると、どんなに楽しい映画を観ても気分を戻すことができない。

だが、夏希は少しも眠くはなかった。

事件のことをしっかりと考えてみたい。

ダイニングテーブルのPCで、夏希は三つの現場のことを調べ始めた。

「寒川町倉見」「藤沢市打戻」「横浜市瀬谷区上瀬谷町」について、検索を掛けてみた。

アパートやマンションの情報、会社の求人、地名の由来や歴史的な事項も見られた。

マップを使って三つの現場を線で結んでみた。

だが、この三角形に意味はなさそうだった。

さまざまなワードで検索を掛けているうちに、三つの土地に共通する事実に気づいた。

「もしかすると……」

額に汗がにじみ出た。

だが、夏希が気づいた事実が、今回の事件と関係があるとしても、ハッピーベリーの言う正義の意味がわかるわけではなかった。

悪人と称している者の存在も浮かんでは来ない。

ただ、たしかに三つの土地には共通点があった。

夏希はこのことを明日の捜査会議で述べるべきか悩んでいた。

ベッドに入ってもなかなか寝つかれなかった。

風が出てきたのか、窓の外ではまわりの林の木々がざわめき始めた。

遠い故郷、谷地頭《やちがしら》に建つ函館八幡宮《はちまんぐう》の森の音を重ね合わせているうちに、夏希はいつの間にか寝入っていた。

第二章　見えぬ正義

【1】@二〇二〇年一〇月二〇日（火）

翌日も好天は続いていた。

（わっ、なに？）

茅ヶ崎署の駐車場には黒塗りの公用車が何台か停まっていて、昨日より物々しい雰囲気だった。

おそらくは黒田刑事部長が来ているのだろう。

講堂に入ると、すぐに美夕が歩み寄ってきた。

「おはようございます、真田さん。また、爆破事件が起きちゃいましたね」

美夕は眉根《まゆね》にしわを寄せた。

「そう……残念ね」

夏希は言葉少なに答えた。

「真田さんのお力でなんとか事態を解決して下さい」

見上げるような目で美夕は夏希を見た。

「わたしにそんなに期待しないで」

夏希は力なく答えた。

美夕の期待はいまの夏希にとっては重荷に感ずるものだった。

自分の席に着こうとすると、小早川管理官が声を掛けてきた。

「昨夜の対話、お疲れさまでした。遅い時間まで大変でしたね」

小早川管理官は気遣わしげにねぎらいの言葉を口にした。

「いえ……第三の事件を防ぐことができず残念です」

夏希としては自分の至らなさを感ずるほかはなかった。

「昨夜も言いましたが、真田さんの責任ではありませんよ。対話でハッピーベリーを説得できるとは僕も思ってはいませんでした。それは本来、指揮本部全体の仕事です」

「そう言って頂ければ救われます」

「とにかく、真田さんは精いっぱいやってくれました」

小早川管理官はいたわるような口調で言った。

「ありがとうございます……ところで、村井貞雄の行方はつかめましたか」

「捜査員たちが懸命に追いかけていますが、一向につかめていません。詳しくは後で説明しますが……」

小早川管理官は顔を曇らせた。

「指名手配の動きはないのでしょうか」

指名手配ともなれば、各都道府県警が被疑者の顔写真などを公開し一般人の協力を呼びかけるから、確保に到る可能性も大きくなる。

「いまの段階ではツィンクルでの投稿による脅迫罪と、これに伴う警察に対する威力業務妨害罪でしか逮捕令状が取れていません。爆破事件の犯人と断定する根拠が薄いと横浜地裁の裁判官は考えているようです。爆発物取締罰則での逮捕状が取れない限り、指名手配は難しい状況です」

小早川管理官は渋い顔つきになった。

夏希は耳を疑った。

「ええ？　そんなことってあるんですか」

たしかに脅迫罪や威力業務妨害罪での指名手配は、あまり聞いたことはない。殺人や強盗の罪によるものが大半である。

「一一〇番通報の前に爆破をツィンクルに投稿したこと以外に、ハッピーベリーが連続爆破の犯人であることを示す根拠がない。もしかすると、近隣で目撃した人物が爆破犯を名乗っているだけなのかもしれない。論理的にはハッピーベリーが爆破犯でない可能性もある。裁判官は令状請求担当者にそんなことを言っているようです」

苦い顔で小早川管理官は答えた。

「裁判官は本気でそう考えているのでしょうか」

夏希は驚いて訊《き》いた。

「というより、いまのところの爆破は被害がほとんど出ておらず、子どものいたずらに毛の生えた程度の爆発しか起きていないことから、裁判官は慎重な姿勢を崩さないようです。まぁ、裁判官にもいろいろなタイプがいます。なかには国民の人権をあまりにも重要視しすぎる人もいる。我々にとっては困った話ですが」

「なるほど……」

「しかし、県警は連続爆破事件として扱いを大きくすることにしました。黒田刑事部長も見えているはずですよ」

小早川管理官はそれだけ言うと、管理官席に戻っていった。

やはり公用車は黒田刑事部長のものだった。

すでにほとんどの捜査員が顔を揃えていた。

講堂内に石田と加藤の姿は見えなかった。

捜査の都合で戻ることができずにいるのかもしれない。

気づいてみれば、鑑取り班の一部の捜査員は不在だった。

遠方まで足を延ばしている者もいるのだろう。

小川とアリシアは瀬谷区の現場に出ているのだろう。

夏希は管理官席の隣に座った。

美夕も隣に座って、自分のPCを覗《のぞ》き込んでいた。

壁の掛時計の針が九時を指した。

号令係の「起立!」の声が響き渡る。

最初に入ってきたのは、指揮本部長の黒田友孝刑事部長だった。

黒田刑事部長はバリバリのキャリアの警視長で、四〇代後半だが、五、六歳は若く見える。

少しルーズな髪型にオーバル型の銀縁メガネを掛けた怜悧《れいり》で神経質そうな顔立ちは、大学の若手教授といったイメージである。

(織田さんだ)

続けて長身で引き締まった身体つきの織田理事官が現れた。

センスのいい織田は、今日は明るめのベージュのスーツに、濃いめのブルーのシャツとバーガンディのネクタイを組み合わせていた。

織田とは何回かデートをしたものの、相も変わらず中途半端な関係でいる。

お互い傷つくのを恐れて一定の距離を保ってしまうヤマアラシのジレンマは、解消とはほど遠い状態が続いていた。

この指揮本部に夏希がいることは知っているだろうから、自分が参加するならひと言くらいメールで教えてくれてもよさそうなものだ。

不器用な小川とは違う意味で、織田にはどこか素っ気なさがあった。夏希が織田に歩み寄っていけないのは、そんな織田の態度にも原因があるような気がしていた。

夏希の顔を見た織田は、いつも通りちょっと目配せを送ってきた。

どう応《こた》えていいかわからない夏希は、わずかにあごを引いただけだった。

プライベートなつきあいのある織田と、緊張感のある指揮本部や捜査本部で一緒になるのが、夏希は苦手だった。

黒田刑事部長、福島捜査一課長、織田理事官、茅ヶ崎署長の四人は、前方の幹部席に次々に座った。

昨日は二人だった捜査幹部が四人に増えている。

最初に黒田刑事部長があいさつした。

「残念なことに、我々は三度目の爆破を防ぐことができなかった。小規模な爆発ばかりで、幸いにも人的被害は出ていないが、いつどこで次の爆発が起きるか、神奈川県民は戦々恐々という事態に追い込まれている。一日も早く……いや、一刻も早く憎むべき犯人を確保し、県民の生活の安寧を回復することが我々に課されている。全捜査員が連携を密にしてすべての情報を共有し、一丸となって捜査に当たってほしい。なお、本日から警察庁警備局の織田信和理事官が指揮本部に参加してくれることになった。織田理事官は危機管理に関して広範な専門的知識を有している。今後、捜査方針は織田理事官と相談して決めていってほしい」

黒田刑事部長が紹介すると、織田はさっそうと立ち上がった。

「おはようございます。警察庁警備部の織田です。二日間のうちに三回連続で爆破事件が起きてしまいました。事件ははっきりとテロの様相を見せてきました。神奈川県民の不安を少しでも早く解消するために、皆さんのお力になりたいと考えています。僕はアドバイザーに過ぎませんが、どうぞよろしくお願いします」

織田はいつに変わらぬ如才ないあいさつをして頭を下げると、席に着いた。

理事官は警視正で階級としては福島一課長と同等である。しかし、警察庁警備部はまさに日本警察の中枢であり、全国の都道府県警本部に対して強い指導力を持っている。

黒田刑事部長は多忙なために、指揮本部に常駐することはない。

警察庁職員には指揮権はないが、織田の意見には福島一課長も真っ向から反対しにくくなるだろう。この指揮本部で織田の意見はもっともつよい力を持つことになる。

続いて管理官席で佐竹管理官が立ち上がった。

「昨夜、午後一〇時頃、横浜市瀬谷区上瀬谷町の畑地で第三の爆破事件が発生した。爆発音に驚いた近所の住民が同一七分頃に一一〇番通報した。付近を巡回中だった機捜が駆けつけたところ、小型爆弾が爆発したことを確認、付近の枯れ草に引火していたため、一一九番通報した。横浜市消防局瀬谷消防署から消防車が駆けつけて火は無事に消し止めることができ、これと言った被害は発生しなかった。畑地の所有者は、これまでの二件と同じく爆弾を仕掛けられるような覚えはないと言っている。犯行から一五分後の一

○時一五分、ハッピーベリーからツィンクルに次のメッセージが投稿された」
――第三の爆発を午後一〇時ちょうどに横浜市瀬谷区上瀬谷町で起こした。正義の実行は続く。ハッピーベリー
昨夜、小早川管理官はこのメッセージを知る前に電話を切ったようだが、見ていても大きな意味はなかっただろう。

「見ての通り、正確に爆破時刻を示している。ハッピーベリーを名乗る人物が、契約しているプロバイダーの情報開示により、座間市在住だった村井貞雄という五八歳の無職の男であることは判明している。ただ、いまのところ村井については脅迫罪と威力業務妨害罪で逮捕令状が取得できているに過ぎない」

佐竹管理官は悔しげに歯をギリリと鳴らした。

夏希には佐竹管理官の悔しさがよくわかった。

裁判官についての批判めいたことは口にせずに、佐竹管理官は言葉を継いだ。

「村井貞雄についての捜査情報は捜査一課から」

捜査一課の若い男が立ち上がった。

「強行八係です。村井貞雄の行方を全力で追っていますが、現時点の所在はわかっていません。プロバイダー契約時の座間市のアパートはすでに存在しないのですが、このア

パートは大家が、建物の管理ばかりか契約関係についても、すべてを都内の大手不動産会社である関川《せきかわ》ハウジングに委託していました。さらに関川ハウジングは契約に関しては、相模原市内にある中小不動産会社のスマイハウスに丸投げしていました。両不動産会社に契約時の資料を提出してもらったところ、運転免許証のコピーと当時の勤務先である座間市内のアシナテック発行の源泉徴収票を入手できました。免許証を提示します」

スクリーンに運転免許証のコピーが大映しになった。

丸顔で髪の毛が薄い初老の男のジャンパー姿が映し出された。

この写真で見る限りは、傷害事件などを起こすような人物には見えず、おとなしく真面目そうな雰囲気だ。どことなく力のない目つきだが、とくに変わった特徴はなかった。

「村井の生年月日は昭和三七年五月七日。平成二九年五月一五日に神奈川県公安委員会から交付されているゴールドの普通免許です。アシナテックは電子部品組立の中小企業です。年収は三三〇万円程度で、村井は臨時工として勤めていたようです。同社にも確認しましたが、勤務態度は真面目で同僚とのトラブルもなかったとのことです。ただ、昨年三月いっぱいで雇用契約の更新が為《な》されなかった。つまり、リストラされたんですね。そのためか、村井はアパート取り壊しの四ヶ月ほど前の七月二七日に、家賃滞納のために夜逃げしてしまったそうです。家賃は三ヶ月滞納していたと言うことでした。アパート内には家具類や調理器具などはそのまま残されていたとのことです。アパートの隣人は各地に転居してしまっているので、現時点では接触できていません。なお、村井の戸籍謄本と住民票を取ったところ、出生地は県内厚木市温水《ぬるみず》で、若い頃は東京都内にも居住していましたが、残りは県内各所で居住しています。婚姻歴はなく子どももいないことがわかりました。いまのところ、村井の消息につながる足どりはつかめていません」

強行八係の刑事はかるく頭を下げて着座した。

「引き続き、村井の行方を全力で追いかけてくれ」

福島一課長が発破を掛けた。

「鑑識からも報告がある」

本部鑑識課の中年男性が立ち上がった。

「第一現場で使われた爆弾は時限式ではなく遠隔操作式である可能性が高くなりました。第一現場で警察犬のアリシア号が発見した地中に潜っていた破片を科捜研で解析した結果、携帯電話の発信基板の一部であることが明らかとなったものです」

アリシアのお手柄だ。小川の得意げな顔が見えるような気がした。

鑑識課の男性が座ると、福島一課長が浮かない顔で言った。

「ほかの現場の爆弾も同じように遠隔操作式なのだろう。だが、犯人捜しが厄介なことには変わりない。爆発時に現場にいなかったことは同じだからな。地取りから犯人に迫ることはやはり難しい」

講堂全体に一瞬の沈黙が漂った。

「続いて警備部からも捜査状況を報告してもらおう」

佐竹管理官が促すと、小早川管理官の部下の若い男が立ち上がった。

「まず、村井が契約していた《ONモバイル》は携帯電話網を利用したサービスですが、料金未払いのためにすでに解約されています。つまり、村井はアカウント作成時点では《ONモバイル》を使用していたが、現在は違う手段でネットにアクセスし、ツィンクルにもログインしているわけです。現在使用しているIPアドレスの解析は進んでいません」

中年の別の警備部員が立ち上がった。

「爆発物調査を担当している警備対策係です。うちのデータファイルには今回のような簡易爆弾による事案は、単なるイタズラしか見つけられませんでした。また、公安課とも連携して調査対象団体等を探っていますが、いまのところ、村井貞雄という名前は挙がっておりません。さらに、ここしばらく調査対象団体にキナ臭い動きはないようです。既存の調査対象団体の監視を強化していますが、現時点では村井に辿《たど》り着く道筋は見えてきません」

冴《さ》えない顔で男は座った。

続いて小早川管理官が立ち上がった。

「昨日から真田分析官がネット上で、犯人を名乗るハッピーベリーとの対話に成功している。さらに、昨夜、爆破事件の後にも対話している。この内容について、全員で共有してほしい」

小早川管理官の言葉とともに、スクリーンに昨夜のやりとりが映し出された。

「ハッピーベリーの発言のどこまでが真実で、どこまでが虚偽なのかは判然としないので、そう心得てほしい。たとえば、ハッピーベリーは自分は村井貞雄ではないと発言しているが、容易に信ずることはできない」

夏希の推測を自分の考えであるかのように話してくれた小早川管理官には感謝した。

だが、全捜査員で共有できるほどの自信はなかった。

「真田分析官、なにかご意見はありますか？」

小早川管理官が振ってきた。

夏希は昨日の思いつきを話そうかどうしようかかなり迷った。

だが、少しでも早く事件を解決するためには、話すべきことだと決心がついた。

思い切って夏希は立ち上がった。

「この対話については、いま小早川管理官がおっしゃった通りだと思います。実は、心理分析とは関係がないのですが、三つの現場のことを調べていて気づいたことをお話ししてもよろしいでしょうか」

幹部席の四人はいっせいに夏希へと顔を向けた。

佐竹管理官も夏希を注視した。

「ぜひ話して下さい」

小早川管理官は身を乗り出した。

「三つの現場、すなわち寒川町倉見、藤沢市打戻、横浜市瀬谷区上瀬谷町にはある共通点が見出《みいだ》せます」

講堂じゅうの視線が自分に集中するのを痛いほど感じた。

かるく深呼吸して、夏希は口を開いた。

「三つの現場とも、新駅の開設予定地近辺の土地なのです」

夏希の言葉は講堂内に凜《りん》と響き渡った。

「本当ですか！」

小早川管理官の声が裏返った。

捜査員たちにざわめきがひろがってゆく。

夏希はメモを見ながら続けた。

「第一現場の寒川町倉見は、東海道新幹線の駅ができる可能性のある地区です。一九九七年から東海道新幹線の仮称相模駅の誘致地区となっています。神奈川県をはじめ、相模原市、平塚市、藤沢市、茅ヶ崎市、厚木市、伊勢原《いせはら》市、海老名《えびな》市、座間市、綾瀬《あやせ》市、寒川町の自治体が誘致運動を行っています」

佐竹管理官が低くうなった。

「さらに現在、湘南台が終点となっている相模鉄道いずみ野《の》線には延伸の計画があり、こちらはすでに敷設が決定しています。その終点もまた第一現場の倉見なのです。こちらは二〇三〇年を目標に開通させることになっています。湘南台と倉見の間にはふたつの中間駅が予定されていますが、ひとつは藤沢市石川《いしかわ》付近で、もうひとつは慶應大学湘南藤沢キャンパスのある藤沢市遠藤付近です。二〇一七年に藤沢市が公表しています。第二現場の字は打戻ですが、この藤沢市遠藤の予定地とわずかしか離れていません」

夏希は息を整えて言葉を継いだ。

「最後に第三現場ですが、ここは《上瀬谷ライン》の新駅予定地付近です。《上瀬谷ライン》は相模鉄道本線の瀬谷駅と旧米軍上瀬谷通信施設の跡地を結ぶ新交通システムです。通信施設跡地では二〇二七年に国際園芸博覧会、いわゆる花博の開催が決まっていて、さらに大型テーマパークの誘致も構想されているそうです。上瀬谷地区に終点の上瀬谷駅が開設される予定です。こちらは早くも二〇二二年には着工予定となっています」

講堂内の人々の放つエネルギーが夏希にも伝わってきた。

「整理しますと、第一現場の倉見は、東海道新幹線の相模駅と相鉄いずみ野線の終点駅。第二現場の打戻は、相模鉄道いずみ野線の中間駅。第三現場の上瀬谷町は、上瀬谷ラインの終点駅と、いずれも新駅開設予定地に近い場所なのです」

夏希の言葉に目を見張る人々ばかりだった。

「それだ！」

「すごいな！」

「いやぁ、そんなこととは」

不規則発言が続いた。

「ですが、これらの新駅とハッピーベリーの言う正義は直ちには結びつきません。この程度の爆破事件で新駅構想が頓挫《とんざ》するとは到底思えないからです。もし、新駅構想を妨害したいのであれば、大きな被害を伴うような爆発を起こすはずです。いや、それでも長年掛かって決定した新駅構想は中止とならないでしょう。ですので、これは三つの現場の共通点とだけ認識して頂ければと思います」

夏希としては、この考え方に足りない部分を伝えなければならなかった。

「小早川管理官、よろしいでしょうか」

織田が発言を求めた。

「どうぞ」

「いまの新駅構想の地区が三つの現場と符合するという真田分析官のご意見ですが、傾聴に値するご意見だとは思います」

とりあえず、織田は賛同してくれた。

「しかし、真田さんもおっしゃった通り、新駅構想を妨害することがハッピーベリーの目的だとすればもっと大きな爆発を起こすはずです。ですので、このご意見は参考として伺うに留《とど》めたいと思います」

ずいぶん冷たい物言いをするなと夏希は思った。

「さらに、これは僕から全捜査員の皆さまへのお願いです。この新駅構想と現場の関係性については、現時点では皆さまの胸に留めて口外しないでください。もう一度繰り返します。新駅構想のことは外部には話さないで頂きたい」

織田は堂々とした声で捜査員たちに指示した。

夏希は織田の考えがよくわからなかった。たしかに新駅構想とハッピーベリーの言う正義との関連性はつかめない。しかし、この三つの地区が偶然に新駅近辺だったとはどうしても考えられなかった。

「よろしいですね、真田さん」

織田は夏希の目をまっすぐに見て言った。

「はい、わたしの思いつきに過ぎませんから」

夏希は織田の指示に異を唱えるつもりはなかった。

発表することさえ躊躇《ちゅうちょ》した内容だった。

ただ、織田がなぜ、捜査員たちに口止めをしたのかは理解できなかった。

「では、いまの真田分析官のご指摘を胸に留めて捜査を続ける。ただし、織田理事官のご指示通り決して口外はしないと言うことでよろしいでしょうか」

小早川管理官が対応をまとめた。

幹部席で黒田刑事部長も福島一課長もうなずいている。

「それでは捜査の割り振りを一部変更する。地取り班を二から三に変更し、それぞれの現場付近で聞き込みを行う。班分けは佐竹管理官の指示に従うように」

福島一課長が今後の指示を出して、捜査会議は終わった。

黒田刑事部長と茅ヶ崎署長は予想通り退出した。

新しい班分けが済むと、捜査員たちは三々五々、講堂を出ていった。

いつものように、残った人間はわずかだった。

「真田さん、すごいです。もう、ほんとに尊敬しちゃいます！」

いきなり美夕が夏希の両手を握った。

「そうかな……」

「犯人とテキストベースで対話するのもすごいです。こんな会議で堂々と見解を発表なさるのもすごいです。でも、なんと言っても、三つの現場の共通点が新駅構想だなんて！」

美夕は小躍りせんばかりの表情で言った。

朝から妙にハイテンションの美夕にはついていけなかった。

夏希はペットボトルのお茶を一口飲みながら答えた。

「織田さんも言ってたけど、単なる参考意見に過ぎないよ」

当の織田が夏希の席にゆったりとした足取りで近づいた。

「やぁ、真田さん。九月の事件以来ですね」

織田はにこやかに声を掛けてきた。

「あのときは、本当にお世話になりました」

生命の危機をともに乗り切った仲だ。もっともあのときは、小川も上杉も一緒だったが。

「いえ、僕のほうこそ……ところでこちらの女性は？」

けげんな顔で織田は美夕の顔を見た。

美夕は機敏に立ち上がった。

「捜査一課情報係の別所美夕巡査部長です。よろしくお願いします」

はつらつとした声であいさつして、深々と頭を下げた。

「織田です。真田さんとは長いつきあいなんです」

笑みを湛《たた》えたまま織田はかるく頭を下げて言葉を継いだ。

「情報係というと、捜査一課内で犯罪情報と捜査資料の整備をしている部署ですよね」

さすがは織田だ。いろいろなセクションのことをよく知っている。

「はい、でも、わたし、福島一課長から、真田さんの雑用係を仰せつかっているんです」

美夕はさらりと言った。

「え？　雑用係……」

織田は絶句した。

「違いますよ。そんなことありません」

夏希は顔の前でせわしなく手を振った。

「雑用係でまずかったら、真田さんの秘書役と言えばいいって一課長がおっしゃってました」

たしかに福島一課長はそう言ったが、夏希が嫌がっていることを知っているだろうに……。

「真田さんもついに秘書がつくようになりましたか。まるで部長クラスですね」

織田も美夕に同調して、夏希をからかっているようだ。

「それも違います。別所さんは福島一課長の方針で一時的に一緒にお仕事しているだけなんです」

「そうです。真田さんから、いろいろなことを学ばせて頂こうと思っています」

「ああ、半分研修目的なんですね」

織田は納得したようだ。

夏希はふたたびペットボトルに口をつけた。

「でも、すっごいですねぇ、真田さんは。いろんなことで尊敬しまくってます」

まじめな顔に戻って美夕は言った。

「ええ、彼女は大変に優秀です」

織田は静かにうなずいた。

「警察庁の理事官の方とお話しするなんて初めてのことなんですよ。わたし緊張しちゃって」

美夕は憧《あこが》れの目で織田を見た。

まぁそうだろう。現場の捜査員が警察庁のキャリアと話す機会はあまりない。

「いや、別に緊張することないですよ。真田さんとはいつも友だちみたいに話してますから」

さらりと織田は答えた。

「真田さんとは、カレカノなんですか？」

夏希はお茶を噴き出しそうになった。

「い、いや……そんなことはないです」

舌をもつれさせて織田は答えた。

「織田さんは独身なんですか」

美夕はいきなり妙なことを訊《き》いた。

「え……はい……まぁ」

織田は面食らって言葉を途切れさせた。

「そうだと思った。だって、指輪なさってないですもんね」

胸の前で両手を組んで美夕は言った。

「はい、いい歳ですが、独り暮らししてます」

照れ笑いを浮かべる織田に、畳みかけるように美夕は尋ねた。

「おつきあいしている方はいないんですか」

そんな女性はいないと、少なくとも夏希は思っている。

「ええ、いまのところは」

織田は正直に答えているはずだ。

「へぇ、じゃあ、どの女警にもアピールする権利はあるんですね」

嬉《うれ》しそうに美夕は続けた。

「アピールですか」

織田は目を白黒させた。

「はい、たくさんの女警に迫られてるんじゃないんですか」

「そんなことはありませんよ」

かぶりを振って織田はまじめに答えた。

「だって、織田さんやさしそうだし、センス最高じゃないですか。スーツまわりのコーデもバッチリですよ」

弾む声で美夕は言った。

「ありがとうございます」

織田は笑みを浮かべてあごを引いた。

「今度、ゆっくりお話ししたいです」

美夕は織田の目をまっすぐに見て媚《こ》びるようにほほえんだ。

「そうですね、機会がありましたら」

ゆったりと織田は答えた。

（誘われたら、のこのこついてくわけ？）

社交辞令だろうが、織田が不快そうでないのが、夏希には不快だった。

「わぁ、嬉しい！」

美夕はその場でかるくジャンプした。

（美夕さんって、意外と図々《ずうずう》しいのね……）

夏希はあっけにとられた。

昨日はおとなしくしていたが、猫をかぶっていたのだろうか。

それとも好みのタイプだけには、こうして直球で迫っていく女なのか。

いずれにしても、心臓の強い女である。

冗談と言えば、それで済むレベルに留めているところが変に賢い。

まわりの人間も二人の会話に気づいてはいなかった。

福島一課長は幹部席で老眼鏡を掛けて書類を読んでいるし、佐竹管理官は連絡要員の制服警官になにかを伝えている。

美夕の指輪を見て夏希は訊いた。

「そう言えば、別所さん右手の薬指に素敵な指輪つけてるけど、彼氏募集中なの？」

「え……指輪ですか」

驚いたように美夕は夏希の顔を見た。

これが左手であれば、婚約指輪や結婚指輪をつける位置である。

ファッションリングをつけていても、恋人がいることを表現していると考えてよい。

しかし、右手の薬指につける指輪の意味は実に多義的だ。

恋人からの贈り物やペアリングを右手の薬指につけている人は少ない。

だから、恋人がいないことを表現している場合が多い。つまり恋人募集中の意思表示だ。

だが、一部にはまったく反対の感覚もある。左手の薬指は婚約指輪をつける位置で、右手は婚約者ではなく恋人の指輪をつける位置という考え方だ。なかには相手がいると人に思わせようとして、男除《よ》けとしてつけている女性も存在するのだ。

「そう。恋人募集中と恋人いらないの正反対の意味があるでしょ」

「ナイショです」

「ずるいよ。話してよ」

「ダメでぇす」

美夕は織田の顔をちらと見て媚びを含んだ笑い声を立てた。

織田の気を引こうとしているのかもしれない。

だが、織田はそのあたりはわりあいと鈍感な男である。

わけがわからないという顔で黙っていた。

「ところで、真田さん、ちょっとお話ししたいことがあるんです。事件の関係で」

織田がまじめな顔に戻って言った。

「はい、かまいませんよ」

「できれば、カップコーヒーでも飲みながらどうですか」

つまり、ほかの人間には聞かれたくない話があると言うことだ。

「あ、わかりました」

「研修生はついてっちゃダメなんですよね」

美夕はちょっと唇を突き出した。

「申し訳ない。すぐに真田さんをお返ししますから」

それだけ言うと、織田は踵《きびす》を返した。

夏希も織田の後に従って出口へと歩き始めた。

「いってらっしゃい！」

背中に美夕の明るい声が聞こえた。

廊下の隅の自販機コーナーまで来ると、織田は振り返って訊いた。

「ブラックでいいんですよね？」

「はい、ミルクも砂糖もいりません」

コーヒーを手にすると、明るいグレーのビニールベンチに向かい合って二人は座った。

「さっきは申し訳ありませんでした。あなたが捜査会議で主張したことにケチをつけるような物言いをして」

織田は真摯《しんし》な顔つきで詫《わ》びた。

「いえ、いいんですよ。わたしも意見を述べようかどうしようか迷ってたんです。ただの思いつきですし……」

夏希の言葉に織田は小さくかぶりを振った。

織田はコーヒーを飲みながらゆっくりと口を開いた。

「わたしは、真田さんの指摘した新駅説が本筋だと睨《にら》んでいます」

「本当ですか」

ちょっと驚いて夏希は訊き返した。

「三つの現場が新駅予定地から徒歩圏内というのは、決して偶然とは思えません」

「織田さんが賛同してくれて嬉しいです」

「ただ、さっきも言いましたが、今回のような小規模爆発で多大な利権が動く新駅構想が消え去るはずはありません」

「利権ですか」

「ええ、たとえば地価です。新駅の位置が公表されたとたんに、周辺部の土地の値段は跳ね上がるでしょう。駅の至近の土地なら商業地として、徒歩圏内なら住宅地として、いままでとは比較にならない価値が生まれます。三つの新駅付近の地価はすでに公表前とは比べられないほど高額になっているはずです。いまさら駅はできませんとはなりません」

織田の言うことは至極もっともだった。

「そうですよね」

「だから、今回の犯人と考えられるハッピーベリーは、新駅構想を妨害しようとしているとは思えません」

「わたしもそう思います」

「ですが、新駅と関連するなにかを妨害しようとしていることは間違いないと思うのです」

「なにかといいますと」

「わたしにもわかりません。ハッピーベリーが、もう少したくさんのヒントをくれればいいんですけど……」

織田は静かに息を吐いた。

「なぜ、織田さんは捜査員たちに口止めをしたのですか」

どうしても織田の考えがわからなかった。

「風評被害を恐れたのです」

織田はきっぱりと言い切った。

「どういうことですか？」

「今回の連続爆破事件によって、神奈川県民、とくに三つの現場周辺地域の住民は戦々恐々としています。いままでは小規模爆発でたいした被害も生じていません。しかし、次は大爆発が起きて、自分も巻き込まれるかもしれない。近くに住んでいる人ならあたりまえに持つ感情でしょう。ところが、その爆破が無作為に選ばれた土地ではなく、新駅設置予定地周辺に集中しているとしたらどうでしょう?」

織田は眉根《まゆね》にしわを寄せた。

「周辺住民は大きな不安に陥りますね」

夏希には織田の言う意味がわかりかけてきた。

「県内の新駅予定地はまだいくつかあります。その周辺住民がパニックを起こすかもしれません。そのパニックの源泉が神奈川県警の捜査員ということになってはまずいのです。不正確な情報で県民を不安に陥れたとなると警察の威信に関わる問題に発展していきます」

警察の威信を何より大切に考える織田のいつもの思考方法だ。

かつては抵抗を感ずることもあった。

だが、今回のケースでは、新駅予定地周辺住民のパニックを防ぎたいという織田の考えには賛同できた。

「おっしゃることはよくわかります」

「理解してもらってありがたいです」

「わたしたちは県民の安寧を守らなきゃいけないわけですものね」

織田は大きくうなずいた。

「その通りです。いまの段階では、犯人の動機や目的も、次の襲撃予定地も、すべてがあやふやで避難勧告などをできる状況にはありません」

「爆破する場所を予告してくれれば別ですね」

「そうなのです。ですが、現時点では手をこまねいているしかありません」

冴《さ》えない顔で織田は言った。

そのとき、廊下の向こうから美夕が息せき切って走ってきた。

「大変ですよ」

美夕は夏希たちを見て叫んだ。

「どうしたの？」

夏希は反射的に訊《き》いた。

「ハッピーベリーから新たな爆破予告があったんです」

「なんですって！」

夏希は小さく叫んだ。

「そうですか……」

織田は低くうなった。

「トイレから帰ってきたら、一課長や管理官たちがあわただしいので、なんだと思ったら、新しいメッセージが投稿されたそうです」

眉間《みけん》にしわを寄せて美夕は言った。

「真田さん、戻りましょう」

「はいっ」

講堂に戻ると、小早川管理官が早足で近づいて来た。

「第四の爆破を予告するメッセージがアップされましたよ」

小早川管理官はタブレットを見せた。

ツィンクルに新たなメッセージが上がっていた。


――今夜一一時に第四の爆破を県内で起こす。警告は続く。　ハッピーベリー

「一一時か……」

織田がうなった。

「時刻まで予告してきたのは初めてですね」

夏希の言葉に小早川管理官がうなずいた。

「文章は短いが、情報量は増えていますね」

福島一課長と佐竹管理官も近づいて来た。

「前回の予告より具体的だな」

福島一課長は厳しい顔つきでタブレットを覗《のぞ》き込んだ。

「真田さん、とりあえず、県警フォームから呼びかけてみてくださいっ」

小早川管理官の言葉に従って、夏希は自席のＰＣに向かった。

――ハッピーベリーさん、かもめ★百合です。思いとどまってください。どうか、どうか、もうこれ以上、悲しいことを続けないで下さい。どうかお願いします。

しかし、五分待っても一〇分待っても返信はなかった。

「福島さん、適切な対応を取るべきですね」

織田は福島一課長の目を覗き込むようにして言った。

「どうしますか」

福島一課長は静かに訊いた。

「まずはほかの新駅開設予定地を調べてみましょう。次の爆破も新駅予定地だと考えます」

「織田理事官は、真田さんの意見に難しい顔をしていましたよね」

小早川管理官が意外そうな顔で言った。

「ですが、新駅周辺地域が攻撃対象となる可能性はあると思います。ハッピーベリーが県内としか場所を告げていない以上、いまはほかに打つ手がありません。差し迫った危険を防ぐ最大限の努力をすべきです」

織田は本音を告げずに、つよい口調で答えた。

「わかりました。おい、県内の新駅開設予定地を誰か調べてくれ」

小早川管理官は声を張って指示した。

「はい、おまかせ下さい！」

右手を挙げて、打てば響くように答えたのは美夕だった。

美夕は自分の席に着くと、かなりのスピードでキーボードを叩《たた》き始めた。

しばらくして、美夕は顔を上げてまわりに立つ人々を見廻《みまわ》した。

「現実味のある新駅構想が少なくとも四つ見つかりました。資料をプリントアウトしましょうか？」

「ああ、そうしてくれ」

福島一課長の言葉が終わらないうちに、ちょっと離れた島にあるプリンターが音を立てて何枚かの紙を排出した。

連絡要員がその場の人々に配ってくれた。

「まずはJR東海道本線の村岡《むらおか》新駅ですね。藤沢市村岡東《むらおかひがし》一丁目で、湘南貨物駅の跡地に設置構想があります。続けて、横浜市営地下鉄ブルーライン。あざみ野《の》から小田急線の新百合ヶ丘《しんゆりがおか》駅までの延伸計画がありまして、今年の一月に横浜市青葉《あおば》区にふたつと川崎《かわさき》市麻生《あさお》区にひとつの三駅の予定地が発表されています」

美夕の言葉に合わせて一枚目の地図を見ると、藤沢駅と大船《おおふな》駅の中間点に村岡新駅と書かれた丸印があった。また、二枚目のプリントには青葉区のあざみ野ガーデンズ付近に「嶮山《けんざん》」駅、同じくすすき野《の》二丁目交差点付近に「すすき野」駅、さらに麻生区の川崎市立ヨネッティー王禅寺《おうぜんじ》付近にも新駅の印が付されていた。

「ブルーラインにも延伸計画があるのか……」

夏希は独り言をつぶやいた。

毎日、通勤に利用していながら、少しも知らなかった。

ちなみにあざみ野駅は湘南台駅とは反対側の終点である。

「三つ目は小田急多摩《たま》線の唐木田《からきだ》駅からＪＲ相模線の上溝《かみみぞ》駅までの延伸計画です。こちらは二〇二七年の開業を目指しています。途中に一つだけ中間駅が予定されていますが、東京都町田《まちだ》市です。最後にＪＲのリニア中央新幹線です。橋本駅付近に神奈川県駅を開設する予定となっています。二〇二七年の開業を目指していましたが、静岡県のトンネル着工反対などのために開業時期は先延ばしになるだろうと言われています」

美夕は明瞭《めいりょう》な発声で説明した。

「小田急多摩線の中間駅は町田市なので、県内という予告の範囲から外れていますね。さらに、警視庁との連携が必要になる。いまの段階では神奈川県警から警視庁に応援要請をすべきではないでしょう」

織田の言葉に、福島一課長はうなずいた。

「わたしもそう思う。すべてが不確実な情報だ」

「犯行予告時刻の今夜一一時頃に向け、残りの新駅付近に警備部から機動隊等を派遣したいですね」

織田は福島一課長と小早川管理官の顔を交互に見て言った。

「藤沢市の村岡新駅と、ブルーラインの三つの駅、さらに橋本駅ですか……」

小早川管理官は難しい顔で言葉を継いだ。

「五駅、すべての場所にじゅうぶんな警備態勢を敷くことはできませんよ」

「やはりそうですか……」

織田は肩を落とした。

「橋本のリニア駅はまだまだ実現は遠いので除外しましょう」

「となると、あと四駅ですね。無理ですよ。一駅か二駅が限界でしょう」

小早川管理官はうなり声を上げた。

「真田さん、これ見て下さい」

美夕が小声で言って、一枚のプリントをテーブルの上で滑らせた。

──大企業のための駅　いりません……「村岡新駅とまちづくりを考える会」が九月二二日に発足！

そう言われれば、村岡新駅については地元で反対運動があったはずだ。

(なんだかキナ臭いな)

プリントを見た夏希の頭に浮かんだ思いだった。

「真田はどう思う？」

福島一課長が夏希の顔を見た。

「はっきりしたことはわからないのですが……」

夏希は言い淀《よど》んだ。

「どうぞ、お願いします」

織田が続きを促した。

「確証はありませんが、わたしは村岡新駅を優先したらいいのではないかと考えます」

その場の人々がいっせいに夏希を見た。

「なぜ、そう思うのかね」

福島一課長がゆっくりと訊《き》いた。

「三つの理由があります。第一に、わたしはブルーラインの舞岡駅の徒歩圏内に住んでいます。が、駅ができたところで、それほどの発展をしたようには思えません。まわりにはのどかな景色がひろがっています」

「地下鉄の駅は、それほどの発展を呼ばないということか……」

夏希はうなずいて続けた。

「もうひとつは村岡新駅は地元の藤沢市や鎌倉市で反対運動が起きているということです。反対署名集めも始まっていたように記憶しています」

「なるほど、最後の理由はなにかね？」

「地域的にもいままでの三つの現場に近いです」

夏希は言い終えてから、とまどいを感じた。

「……でも、これも思いつきで、それほど自信があるわけではないですが」

だが、福島一課長は得心がいったようにうなずいた。

「なるほど、真田の言うことは理窟《りくつ》が通っているな。織田理事官はどう思われますか？」

「どうでしょうか。わたしは、そこまで神奈川県に詳しくないのでなんとも……」

織田は自信がなさそうに答えた。

松本《まつもと》市出身で三軒茶屋《さんげんぢゃや》住まいの織田が神奈川県内の地理にそれほど詳しくないのはあたりまえだった。

「真田の言う通り、村岡新駅に警備態勢を敷きましょう。外れたらそのときはそのときだ」

佐竹管理官は笑みを浮かべて元気よく言った。

「よしっ、村岡新駅に午後一〇時から警備態勢を敷く。所要の措置をとれっ」

「了解ですっ」

小早川管理官の指令に警備部の若い職員がはりきった声で答えた。

だが、本当にこれでよかったのか。

夏希のこころには引っかかりが残ったままだった。

その後の時間は、ハッピーベリーからの返信もなかった。

またそのほかにも、指揮本部には大きな動きは見られなかった。

夏希と美夕は五時半頃には茅ヶ崎署を後にすることができた。

東隣の辻堂《つじどう》駅のショッピングモールでゆっくり買い物をするという美夕と別れて、夏希は戸塚《とつか》駅へと向かった。


【2】


帰宅した夏希はバスタイムもそこそこにリビングに戻ってきた。

なんだか精神的にとても疲れていた。

茅ヶ崎駅の駅ビルで買ったのは、いつもと違ってシウマイ弁当だった。

デリカテッセンものを買って、皿に盛りつける気にもならなかったのである。

なぜ、疲れているのだろうかと考えてみた。

いままで経験した事件に比べれば、被害も少なく緊迫の度合いも低い。

体力的にも非常に楽だと言ってよかった。

ハッピーベリーが繰り出すメッセージには、あまりつよい意思が感じられない。

言ってみれば、ちょい出しの連続なのだ。

本音を隠しつつ、こちらを誘導しようとしているような気さえする。

相手の心を少しもつかめないことが、夏希を疲れさせているのだろう。

リビングのソファで、シェリーグラスを手にしながら夏希はぼんやりと考えていた。

いつの間にか、夏希はソファで寝入ってしまった。

はっと気づいて、壁の掛時計を見る。

もうすぐ予告時刻の一一時だ。

未然に防げたら、そろそろ連絡があってもよいはずだ。

村岡新駅付近には、たくさんの警察官が配置されているはずだ。

ネットで調べてみたら、ずいぶんとだだっ広い場所のようだ。

湘南貨物駅の跡地なのだから、あたりまえなのかもしれない。

リビングの時計は、アメリカ合衆国のジョージ・ネルソンがデザインしたヴィトラ社の《ブロッククロック》だった。白い円筒形の中心部から、ライトブルーに塗装された一二本の木製のブロックが放射状にひろがっている愛らしいデザインである。

黒い長短針と赤い秒針の取り合わせがとても似合っている。

スムースに動くスイープ式の赤い秒針を眺めていると、鼓動はしぜんと高まっていった。

予告通り、一一時ちょうどに爆破があった場合、もし村岡新駅予定地が現場なら、すぐに連絡が入るだろう。

もし、ほかの場所での爆発があった場合には、県警が把握するのには早くても五分から一〇分はかかる。

仮に予告がブラフで、どこでも爆発が起きなかったとしたら、電話が鳴ることはないだろう。

ソファに身を委《ゆだ》ね、かたわらのカフェテーブルに置いたスマホの画面を眺めながら、夏希は祈るような気持ちで一一時を待った。

時計の針が零時のブロックを過ぎても電話は鳴らなかった。

(このまま電話が鳴らなければいいのに……)

夏希はつよく願った。

だが、一一時を一〇分ほどまわった頃、スマホは鳴動した。

液晶には小早川管理官の名前が表示されている。

「はい……真田ですが……」

力のない声で夏希は電話に出た。

「やられましたよ……四度目です」

小早川管理官の声もあまり元気がなかった。

「村岡新駅ではなかったのですか……」

夏希はかすれ声で訊いた。

「ええ、平塚市大神《おおかみ》という住所の畑地です」

まったく聞いたことのない土地の名であった。

「え？　新駅予定地ではないのですね？」

驚いて夏希は訊き返した。

「そうです。現場は相模川の右岸で、第一現場の倉見の対岸に近い場所です」

「そんな場所なんですか」

「いずれにしても、大神は、指揮本部で名前の挙がった新駅予定地のどれでもありませんでした」

「すると、いままでの三件の現場も新駅とは関係ないのでしょうか」

夏希の声はかすれた。

「どうでしょうか。いまのところははっきりしません」

夏希なりに自信のあった新駅近隣を狙った犯行という前提も崩れてきた。

「では、村岡新駅に配置した警備陣は？」

「残念ながら、無駄足になりました」

小早川管理官は悔しそうな声を出した。

「ごめんなさい……わたしが余計なことを言わなければ……」

夏希は小さくなって詫《わ》びた。

「いいえ、真田さんが気にすることじゃありませんよ」

小早川管理官はあたたかい調子でねぎらったが、夏希としては忸怩《じくじ》たるものがあった。

「犯行声明は出ていますか？」

「いまのところ、あの予告以降は出ていませんね」

「これからハッピーベリーに対して呼びかけを行いますか？」

心理的にはそんな状態ではなかったが、夏希は自分にむち打って小早川管理官に尋ねた。

「いえ……今夜はやめましょう。真田さんも疲れていらっしゃいますし、飲んでますよね？」

「わかりますか？」

「ええ、いつもより言葉にキレがないです」

「小早川さんにはバレバレですね」

「つきあい長いですからね。それにいまから呼びかけても、ハッピーベリーがまともな反応をしてくるとは思えません。むしろ、してやったりとほくそ笑むでしょう。今回に関しては放置しましょう」

「わかりました。正直言って助かります」

「今夜の事態を受けて明日《あした》も九時から捜査会議です。真田さんのお力が必要になりますよ」

「はぁ……」

「ゆっくりお休みになって下さい」

「ありがとうございます。おやすみなさい」

小早川管理官は電話を切った。

警察に入った頃に比べて、まわりの態度はずっと丁重になっている。それどころか、常に意見を求められる。

幹部も管理官たちも、夏希の意見をよく聞き入れてくれる。

夏希に対する期待が高まっていることは痛いほど感じている。

だが、自分は皆の期待に少しも応《こた》えていないのではないか。

そんなことを考えていたら、鬱々《うつうつ》とした気分に陥ってきた。

だが、明日も朝一番で捜査会議だ。

早く寝て頭を休めなければならない。

シェリーを次々にあおって、夏希はベッドに潜り込んだ。

第三章　失ったこころ

【1】＠二〇二〇年一〇月二一日（水）

翌日も夏希の心とは裏腹によく晴れていた。

いま頃は一年でもっとも気持ちのよい時季だろう。

歩道を歩く夏希の頬にもさわやかな秋風が吹き抜けてゆく。

だが、茅ヶ崎駅から指揮本部に向かう夏希の足取りは重かった。

夏希が九時直前に到着したこともあったが、二人の管理官は忙しそうで話すこともできなかった。

講堂のまん中あたりには加藤と石田の姿も見えた。

美夕はいつも通り夏希の隣に座ったが、どことなく疲れているように見えた。

事情を聞こうと思ったところで、「起立！」の号令が掛かり、幹部が入ってきた。

九時から始まった捜査会議には黒田刑事部長の姿はなかったが、ほかの捜査幹部は顔をそろえていた。

織田は薄いオリーブ色のスーツを着ていた。

副本部長の茅ヶ崎署長のあいさつの後で、佐竹管理官が昨夜の事件の概要について説明した。

「……幸いにも今回の爆発も小規模で、被害はほとんど出ていない。爆発物については第一から第三とほぼ同様のものと思量されるが、現在、科捜研で解析中だ。そういうわけで、ハッピーベリーの予告に対して、我々が講じた対策は的外れに終わってしまった。犯人がどこを次のターゲットとして狙っているのかを推測するのは困難と言わざるを得ない」

佐竹管理官は苦々しい顔つきで座った。

続いて小早川管理官が立ち上がった。

「第一から第三の現場について、昨日の会議で真田分析官からいずれも新駅開設予定地に近い地域との指摘があった。第一現場の倉見は、東海道新幹線の相模駅と相鉄いずみ野線の終点駅。第二現場の打戻は、相模いずみ野線の中間駅。第三現場の上瀬谷は、上瀬谷ラインの終点駅の近隣地域と言うことだった。第四現場は新駅とは関わりがないようにも思われたが、実はそうでないことがわかった」

夏希の胸はドキンと鳴った。

講堂内にざわめきがひろがった。

もちろん夏希も耳をそばだてた。

「第四現場の平塚市大神は、平塚市ツインシティ構想の対象地域となっている。これは、寒川町倉見に新幹線の相模駅が開設されることを見込んで、大神付近と相模川を挟んだ寒川町倉見の間に橋を架けて、新たな街作りを進めていこうとする計画だ。第四現場付近は《ツインシティ大神地区土地区画整理事業》によって区画整理が進められている。つまり、第四現場も新駅開設と深く関わりのある場所であることは間違いない」

小早川管理官は講堂内を見廻《みまわ》してゆっくりと言葉を継いだ。

「第一から第四の現場のすべてが新駅設置地域を狙った犯行であることは判明した。新駅を狙っている者を対象とすることは今後の基本的な捜査方針として維持できる。昨日の爆破予告を最後に、ハッピーベリーからのメッセージは途絶えているが、犯人がなにを目的としているのか、再三述べている犯人の『正義』がいったい何であるのか。以上の二点を今後の捜査で明らかにしていってほしい」

多くの捜査員たちが無言でうなずいた。

夏希は少しは救われた気持ちになった。

村岡新駅では予想を外してしまったが、今回の連続爆破事件は、新駅設置予定地を狙ったものであることは間違いがないようだ。

続けて捜査状況について、まずは地取り班からの報告があった。

「第四現場は現在、鋭意捜査中ですが、第一から第三の現場ではいっさい目撃者が見つかっていません。防犯カメラも設置されていない地域なので、これらの映像を収集することも不可能な状態です」

捜査一課の若い刑事が座ると、佐竹管理官が口を開いた。

「何度も爆破を実行しておきながら、一件の目撃証言も得られないというのは、きわめてまれな事態だと言っていい。いまの報告からも、犯人が犯行現場を選定する際に、付近を詳細に下見していることが窺《うかが》える。今回の連続爆破事件は入念な準備に基づいた計画的な犯行であることは間違いないようだ」

鑑取り班からの報告が続いた。

「取り壊し済みのアパートに居住していた村井貞雄については、三人ほどの目撃証言が取れました。同じアパートの居住者たちです。村井はまじめそうなおとなしい感じの男で、アパート内の通路などで出会うと、きちんとあいさつするような人物だったそうです」

続けて立ち上がったのは加藤だった。

「アパートの住人ではなく、近隣で村井と時おり話をしていた老人を見つけましてね。小山田ハイツっていう村井の住んでいたアパートから一キロ足らずで、相模川の左岸に出られるんですよ。座間市立の新田宿《しんでんじゅく》グラウンドっていう野球場のあたりです。ここは川向こうに丹沢《たんざわ》も見えてなかなかいい場所なんですね。その老人はほぼ毎朝早くに犬の散歩のために堤防沿いを歩いているんです。で、堤防に座っている村井を見かけて声を掛けるようになったんだそうですよ。まぁ、一週間に一度くらいで、あいさつ程度だったとのことです。夜勤明けらしく、村井はいつも発泡酒の缶を片手にぼーっと山を見ていたそうです。ところが、村井がアパートから夜逃げする直前に、老人に対して『二進《にっち》も三進《さっち》もいかなくなったから横浜あたりに行って仕事を探す。ふるさとの山ともしばらくお別れだ』って言ってたらしいんですよ。村井は相模川の堤防からふるさとの山を見て酒を飲んでたんでしょうね」

講堂内はしんと静まりかえって、誰もが加藤の話に聞き入っている。

「ちょっと待ってくれ。村井は厚木市の出身じゃなかったのか」

佐竹管理官が聞きとがめた。そう言われてみれば、戸籍謄本を取った捜査員が出生地は厚木だと言っていた。

「話が後先になってしまいますが、村井が育った家は津久井《つくい》郡水沢《みずさわ》村の滝尻《たきじり》という集落です。水沢村は丹沢の山中にありますんで、そのことを言ってたんでしょう」

「わかった。話を続けてくれ」

「それで、自分はとりあえず横浜市中区《なか》の寿町《ことぶきちょう》に行ってみました。金がなくて仕事を探している連中の集まりそうな場所ですからね。もはや全国的にも少なくなったドヤ街ですよ。そしたら、足取りが見つかりました。村井はアパートから夜逃げしてから、寿町の簡易宿所を転々としていたらしいです。同宿者たちの話では、建設関係の日雇労働者をしていたらしいです。おとなしい性格で同宿者たちともほとんど口をきかなかったそうです。でも、ここでも貴重な証言をひとつだけ得ることができました。ふるさとのことです」

「水沢村の滝尻と言っていたのか」

佐竹管理官が相づちを打った。

「もう寿町でも昔ながらの簡易宿所はかなり少なくなってます。そのなかの《栄ホテル》ってとこで掃除なんかやっているおばあさんがいるんですけど、この女性だけには多少は口をきいていたみたいです。あるとき酔っ払った村井が『俺は愛人の子なんだ。二歳くらいのときに親父の女房に、お袋と一緒に追い出された。物心ついたのは、水沢村の滝尻にあったお袋の実家だよ。だから、滝尻が俺のふるさとだ』って言ってたそうです」

「非嫡出子だったのか」

佐竹管理官の声が沈んだ。

「戸籍上は父親である村井芳雄《よしお》という男の次男となっていますが、そのようですな。そのドヤで、ヤツが残してったくたびれたショルダーバッグを見つけました。ボロボロのバッグなので捨てていったのかもしれません。そこの主人もいい人なんで、また来るときまで預かっておこうと思っていたと言ってました。でも、わたしが開けてみると、なかに入っていたのはタオルだけでした。ところがですね、寿町でも村井の消息は去年の冬頃からぱったりと途絶えてるんですよ。その後はどこへ行ったか、足取りもつかめません。わたしらからは以上です」

加藤は静かに座った。

夏希は違和感を覚えていた。

加藤が語る村井貞雄像と、夏希が対話しているハッピーベリーはどうしても一致しないように思えたからである。

だが、これも感覚の問題に過ぎない。工場の臨時組み立て工や寿町の労働者のなかに高度な教育を受けた人物がいても少しも不思議ではない。

佐竹管理官が立ち上がった。

「加藤、短い間によく調べたな。刑事の鑑《かがみ》だよ」

加藤は自席でかるくあごを引いて答えただけだった。

「いまの話を聞く限り、ハッピーベリーと村井貞雄とのイメージは食い違うな」

夏希と同じことを佐竹管理官も考えていたようだ。

「そうだな、高度な教育を受けた人物というのが真田の意見だったが」

福島一課長も賛成したので、夏希も立たざるを得なくなった。

「たしかに、いまの加藤さんのお話で浮かんでくる人物像は、わたしが対話してきたハッピーベリーとはイメージが違います。ただ、ハッピーベリー本人も自分が村井であることを否定しています」

「でも、ハッピーベリーのツィンクルアカウントは、間違いなく村井貞雄が契約していた《ONモバイル》使用時に作成されたものなんですよね」

小早川管理官は鼻から息を吐いた。

「しかし、すでにその携帯電話は解約されているんだろう？」

佐竹管理官は疑わしげな表情で言った。

「誰かが冒用《ぼうよう》しているのではないでしょうか」

ぽつりと言ったのは織田だった。

なぜか織田の顔はいくぶん青ざめていた。

「いまの段階では断定はできんな。ハッピーベリーが村井なのか、あるいは別人なのかは判然としない。が、いま我々がすべきことは、村井貞雄の行方を見つけることとハッピーベリーの正体を突き止めることのふたつだ。全捜査員が尽力してほしい」

福島一課長が締めくくって、捜査会議は終わった。

「真田さん、聞いてくださいよぉ」

美夕がいきなり嘆き声で言ってきた。

「どうしたの？」

疲れ顔の理由は聞きたいと思っていたところだった。

「昨日、辻堂で下りたじゃないですか。そしたら、すぐに本部から電話入って呼び出されたんですよ」

「えー、別所さん、この指揮本部専属じゃなかったの？」

「わたしもそのつもりだったんですけど、係長は違う認識だったみたいです」

「急な仕事だったの？」

「内部監査ですよ。今度、総務部会計課の監査がはいることになりまして……明後日《あさって》から刑事総務課が内部監査やるんです。それで、情報係のデータのなかで係長がわからない資料について詳しく説明してくれって話だったんですよ」

美夕は顔をしかめた。

聞いてみればたいしたことではなかった。

「それで、何時まで仕事してたの」

「今日以降に持ち越したくないんで、一〇時までですよ。わたし疲れちゃいました」

「お気の毒……でも、もう呼ばれずに済むのね」

「今度呼び出したら、無視しちゃおうと思って」

美夕はぷーっと頬をふくらました。

加藤が歩み寄ってきた。

「真田、外へ出る気あるか？」

「えっ、捜査ですか？」

夏希は驚いて訊《き》いた。

「うん、村井貞雄の実家にいってみようと思ってな」

「津久井郡の……なんて村でしたっけ」

「水沢村だよ。愛甲《あいこう》郡の清川《きよかわ》村の宮ヶ瀬《みやがせ》湖のさらに奥だな」

「相当遠いんですか」

「いや、片道五〇キロくらいだろう。ざっと見て一時間半くらいだな。午前中、丸々使っちまうけどな」

「でも、そんなに指揮本部を空けてもいいものか」

正直言って、捜査に進展のないなか、この指揮本部にずっといると、息が詰まりそうだった。

「いいんだよ、なんかあったら、タブレットで対応すればいいだろ。それに村井貞雄の心情に迫るためにも、幼い頃を過ごした家を訪れるのには意味があるぞ」

唇の端を持ち上げて加藤は笑った。

「ま、そうも言えるんですが……」

とは言え、加藤の言っていることは屁理屈《へりくつ》にも思える。

「福島さんはいいって言ってるぞ」

加藤は横目で福島一課長を見ながら言った。

「でも……」

自分の仕事でないことは明らかだ。夏希は気が引けた。

「アリシアも一緒だけどな」

「行きます！」

夏希は叫んで腰を浮かし掛けた。

「小川のバンで行く。今日は一日、俺も石田の顔見ないで済むんだ。石田は覆面パトで座間市内の聞き込みだ」

加藤の声が少しだけ明るくなった。

「わたしもお供したいんですが」

美夕が遠慮がちに申し出た。

「いや、あんたは残ってくれ」

加藤はあっさりと断った。

「わたし、真田さんと一緒にお仕事する役目なんですよ」

「そうだな、しかし、この特別任務では悪いがあんたは除外だ。本部に詰めて、幹部の世話でも焼いていてくれ」

「わかりました」

美夕は不承不承にうなずいた。

昨日の美夕の織田への態度を思い出して、夏希はちょっと不安になった。

当の織田は深刻な顔で佐竹管理官と話し込んでいた。

小早川管理官にも留守の間のことを断らなければならない。

「小早川さん、ちょっと加藤さんに誘拐されてきます」

「なんですって」

小早川管理官は目を剝《む》いた。

この冗談は、小早川管理官には通じなかった。

「いやあの、村井貞雄が幼い頃を過ごした水沢村に一緒に行こうって加藤さんが……なので、お昼過ぎまで留守にします」

「えー、もし、ハッピーベリーからメッセージが入ったらどうするんですか」

「いつもと同じようにタブレットで対応します」

「ま、仕方ないですね」

小早川管理官はあきらめ顔で答えた。

「山陰に入ったら、電波届かないから、そんときはよろしく」

加藤が割って入った。

「そんな、困りますよ」

小早川管理官は眉間《みけん》にしわを寄せた。

「福島一課長からもＯＫが出てるんだ。我慢してくれ。さ、真田行くぞ」

言い捨てて加藤は、くるりと踵《きびす》を返した。

「はいっ、いってきます」

夏希は小走りに加藤の後を追った。

「いってらっしゃあい！」

美夕がオーバーアクションで見送ってくれた。

エレベーターのなかでも、夏希の胸は弾んでいた。

駐車場に下りてゆくと、グレーメタリックの鑑識バンのエンジンが掛かった。

後部座席に滑り込むと、背後のケージにアリシアがいた。

「アリシア！」

夏希は思わず叫んで、ケージの隙間から指を突っ込んで、ちょっとだけアリシアに触れた。

アリシアは舌を出してはぁはぁと答えた。

「なんだよ、真田も一緒かよ」

クルマをスタートさせながら、小川はぼやくような声を出した。

「なにかご不満？」

夏希は尖《とが》った声で訊いた。

「いや、まぁ、アリシアは喜んでるんじゃないのか」

小川はちょっと弱々しく背中で答えた。

「なんで別所さんを置いてったんですか」

加藤に訊くと、笑い交じりに答えた。

「アリシアと真田の時間を邪魔させたくなかったんでな」

本気なのか冗談なのかはよくわからなかった。

【2】

茅ヶ崎中央ICから圏央道に入る。

道路は空《す》いていて、相模川沿いに見る見る北へと上っていった。

相模原ICで下りてしばらく住宅地を走ると、道路は山あいへと入っていった。

宮ヶ瀬湖へ出る直前で、小川は右折して狭い道に入った。

両脇の車窓に民家は続くが、まったくの山里という雰囲気になった。

道路脇の小さな商店に「入猟承認証販売所」などという看板が出ている。

近くに猟区があるようだ。

「へぇ、ここも神奈川なんですねぇ」

夏希が感嘆の声を出すと、加藤が笑いながら答えた。

「ここも、真田や小川の仕事場の一部だぞ。江の島署の俺には関係ないがな」

「こんなに山奥だなんて」

「そうだな、ここは東丹沢の入口だよ。山北町《やまきたまち》あたりの西丹沢と並んで県内ではもっとも山深いところだろうな」

左手に建つこぢんまりとした村役場を通り過ぎて、いくつかの集落を抜けると、道路はクルマがやっとすれ違えるくらいの幅になった。

路傍には森林しか見えない。

植林した檜《ひのき》が多いようだが、ときどき自然林も混じっている。

クルマ一台しか通れないトンネルを抜けたところで右折すると、道幅はさらに狭くなった。

舗装道路ではあるが、路肩近くにはアスファルトの隙間から雑草が生えている。

廃道とまでは言えないにしても、交通量がほとんどない道路のようだ。

狭い道は見え隠れする渓流沿いに山を登っていった。

およそ一〇分くらい山に分け入ったところで、ちょっとした平坦《へいたん》地が現れた。

集落と呼ぶにはあまりに軒数が少ないが、ぱらぱらと離れて三軒の家があった。

どの家にも塀も生垣もなく、苔《こけ》むした石垣の上に建っていた。

家々の間には、かつてほかの家があったことを示す石組みが残っていた。

おそらくは十軒程度の家屋があった集落なのだろう。

小川はクルマを停めた。

「加藤さん、水沢村の滝尻地区ってこのあたりなんですけど」

小川は不審げに訊《き》いた。

「お疲れさん、ここだよ」

スマホの地図を覗《のぞ》き込んでいた加藤はさらりと答えた。

茅ヶ崎署を出てから、一時間二〇分ほど経っていた。

わずかな時間でこんな山奥に着いたことが、夏希には不思議だった。

「ここって人が住んでるんですか」

「さぁな、もう誰も住んでいないみたいだな」

「廃村ですか」

「もし誰も住んでいないとしたら、ここは消滅集落に当たるな。ま、とにかく下りてみよう」

加藤の言葉に夏希たちは次々にクルマを下りた。

木々の吐き出す豊かな香気を夏希は深く吸い込んだ。

水の流れる音が左手の杉林の向こうから聞こえてくる。

「空が青いですね」

茅ヶ崎で見た空とはまったく違う紺碧《こんぺき》の青がそこにはあった。

紅葉にはまだ早いが、遠くに見える山の緑が青空に映えて目に痛いほどだった。

「ああ、いい天気だな」

加藤はのびをしながら答えた。

小川はアリシアをケージから出した。

アリシアはしゅるっと出てくると、しゃきっとした姿勢で立った。

鼻をひくつかせてあたりの匂いを嗅《か》いでいる。

小川はアリシアにハーネスを取り付けた。

アリシアはお仕事モードに入った。

全身に緊張感がみなぎって、顔つきまで引き締まって見える。

小さな畑の跡があったが、何年も手を入れていないのか雑草園のようになっていた。

畑の隅にはピンクと白のコスモスが咲き乱れている。

集落の奥には木立に囲まれた小さな神社があり、その右手に墓地も見られた。

「水の音が聞こえますね」

「地図を見ると、このさらに上流に不動滝《ふどうだき》という滝があるようだ」

「なるほど、それで滝尻集落なんですね」

「そのようだな。茶でも飲むか」

加藤は近くの石垣の縁に座ると、途中の自販機で買ってきたペットボトルのキャップをひねって口をつけた。

夏希も真似してお茶を飲み始めた。

「加藤さん、やけにのんびりしてますね」

ハーネスのリードを握った小川があきれ声を出した。

「まぁな……焦ってもしょうがないからな」

「まずはどの家かを探さなきゃならないですね」

「うん、三軒しか残ってないんだったら、苦労はないな」

加藤は立ち上がると、白手袋をはめた。

「みんな手袋とマスクをしたほうがいいぞ」

夏希も自分のショルダーバッグから手袋と不織布のマスクを取り出して、加藤の指示に従った。

スーツのポケットから加藤は証拠品収集袋を取り出した。

「この匂いをアリシアに探させてくれ」

加藤が突き出したのは、一枚の薄汚れたタオルだった。

「ああ、村井貞雄が寿町のドヤに残していったものですね」

「そういうわけだ。どの家かはアリシアに探してもらえるかもしれんよ」

「なるほど、ここへ村井が立ち寄っていれば、きっと探し出しますよ」

小川はアリシアの鼻先にタオルを突き出した。

「さぁ、アリシア、こいつと同じ匂いはあるか？」

アリシアはしばらく匂いを嗅ぎ続けていた。

「きっとわかるよね」

夏希はアリシアにやさしく声を掛けた。

アリシアの両耳と尻尾《しっぽ》がピンと立った。

「見つけたみたいですよ」

小川が嬉《うれ》しそうに言った。

「うん、やっぱり村井は、最近、自分の生家に立ち寄っていたんだな」

加藤は大きくうなずいた。

「よし、アリシア、どの家だ？」

小川が尋ねると、アリシアはトコトコ歩き出した。

三軒の民家のいちばん右手、神社に近いところに建つ建物に向かっている。

木造の平屋でスレート葺《ぶ》きの屋根には苔が一面に生え、羽目板にはツタが絡まっている。

戦後すぐぐらいに建てられた家ではないだろうか。

かなり古い家屋であることは間違いがない。

アリシアは迷わずこの家の庭に入っていった。

五坪ほどの庭も長いこと手入れがされておらず、たくさんの雑草が生えていた。

ここにもコスモスの花が咲き乱れている。

だが、人のいた形跡はあった。

庭の隅に丸っこい石が並べられて、まん中には黒く焼け焦げた木切れが集まっていた。

即席のかまどのようにも思われた。

かたわらには、赤錆《あかさび》が浮き出たバケツも転がっていた。

間違いなく、そう遠くないむかしにここで時間を過ごした者がいる。

四枚並んだ一間の木製引き戸のガラスにも緑色のカビがいっぱい生えていて、人が住んでいるようすはない。

廃屋というのは、その荒れたたたずまいでわかるものだ。

縁側の前でアリシアは立ち止まった。

小川に振り向いたアリシアは、ひと声「わうんっ」と吠《ほ》えた。

「ここで間違いないみたいですよ」

小川は自信たっぷりに言った。

「いちおう声を掛けてみよう」

加藤は建物に向かって立った。

「村井さん、こんにちは。警察の者ですが」

返事はなかった。

山鳥が驚いて背後の林から飛び立った。

「村井さん、警察ですが、中に入りますよ」

加藤は建物に向かってさらに大きな声を出した。

建物内からはなんの反応もなかった。

「よし、建物に入ってみよう」

加藤は靴のまま踏み石から縁側に上がった。

板敷きの縁側も緑のカビがいっぱいついている。

加藤は掃き出し窓に手を掛けた。

「鍵《かぎ》が開いているな」

半分独り言のように加藤は言った。

小川とアリシアはすぐに縁側に上がった。

夏希はためらってモジモジしていた。

加藤は夏希を振り返った。

「どうした。従《つ》いて来いよ」

「他人の家に土足で踏み込んだことないんで」

夏希の言葉に加藤は声を立てて笑った。

「鬼刑事がどうしたんだ？　そんなの刑事の第一歩だぞ」

「じょ、冗談言わないでください。わたし刑事じゃありませんから」

夏希は懸命に否定したが、ここで臆《おく》するわけにはいかない。

思い切って土足のまま縁側へ上がった。

縁側の板と板の隙間にはオレンジ色の菌類が繁茂していた。

加藤が引き戸に手を掛けて少し開いた。

アリシアはしゅるりと建物内に滑り込んだ。

「おい、待てよ、アリシア」

小川があわてて引き戸を開けてアリシアの後を追った。

加藤が続いたので、夏希も仕方なく内部に足を踏み入れた。

入ったところは八畳くらいの板の間だった。

もとから板の間だったのか、畳を外した状態なのかは夏希にはわからなかった。

いずれにせよ、床にはほこりが積もって咳《せき》が出てきそうだった。

加藤がマスクをつけろと言った意味がよくわかった。

部屋の隅の天井近くにはあちこちに蜘蛛《くも》の巣が掛かっている。

丸形の古いちゃぶ台と茶簞笥《ちゃだんす》があったが、室内に家具はほとんどなかった。

部屋の右手の奥にはブラウン管の割れたテレビが置いてあった。

まるで昭和三〇年代の家のなかのようだ。

本当に半世紀以上時が止まっている部屋なのかもしれない。

床板の割れ目から雑草が顔を出している。

だが、ここにも人のいた痕跡《こんせき》はあった。

カンヅメの空き缶やカップ麵《めん》の容器、コップ酒の瓶などが、段ボール箱に捨てられていたのである。

小川はアリシアのハーネスをしっかりと握って、勝手に動かないように抑えていた。

「加藤さん、アリシアはまだ反応を続けています。村井の遺留品があるんだと思います」

マスクのなかから小川がくぐもった声を出した。

「そうだな、遺留品をアリシアに探させようか」

加藤の言葉に従って、小川はハーネスを持つ手をゆるめた。

アリシアは部屋の左手へと身体を進めてゆく。

松の絵を描いたふすまの前で止まると、アリシアはふたたび「わうんっ」と吠えた。

「この向こうの部屋のようです」

小川の言葉にうなずいて加藤は安っぽいふすまを開けた。

いや、正確に言うと、加藤が手を掛けた瞬間、ふすまは向こう側にバタンと音を立てて倒れた。

舞い上がったほこりが収まるまで、夏希たちはしばし待った。

アリシアはふすまの向こうの部屋に入っていった。

小川、加藤に続いて、夏希も隣室へと足を踏み入れた。

六畳ほどの板の間だった。

「ああ、あれか……」

小川が指さす先に寝袋が敷いてあった。

黒カビだらけで近づきたくない雰囲気の寝袋だった。

だが、アリシアは寝袋に鼻を近づけて匂いを嗅《か》いでいる。

寝袋から顔を背けたくて、夏希は視線を右に移した。

壁際に設けられた押入れに目をやった夏希は見たくないものを見てしまった。

「きゃあああああっ」

夏希の声が響き渡った。

驚いたアリシアがぴょんとその場で跳ねた。

続けて低い姿勢を取って尻尾を股《また》の間に入れている。

毛が逆立ち、耳が倒れ、強張《こわば》った顔つきを見せていた。

「な、なんだっ」

「どうしたっ」

小川と加藤が同時に叫んだ。

「あ、あれ……」

夏希は震える指で押入れを指さした。

「ホトケか……」

加藤がかすれ声を上げた。

ふすまの片側が外れた押入れのなかに、横たわった白骨の頭部が見えていた。

シャツらしいものをまとってはいるが、ボロ布と変わらなかった。

夏希はその場でぼう然と立ち尽くしていた。

シミだらけの天井がぐるぐる回っている。

遺体との距離が近くなったり遠くなったりした。

鼻の奥でキナ臭い匂いがしたが、これは錯覚だと自覚できた。

全身が震えて、膝小僧《ひざこぞう》ががくがくと笑っている。

廃屋に入るときに人間が予想する、およそ最悪の光景が目の前にあった。

本当なら、すぐに踵《きびす》を返して逃げ出したかった。加藤や小川に笑われたくないという気持ちだけが夏希の身体を抑えていた。

「あのさ、ちょっとアリシアのリード持っててくれる？」

小川に声を掛けられて、夏希はいくぶん正気を取り戻した。

「う、うん……」

なんとかうなずいて、夏希はハーネスのリードを手にした。

小川と加藤は平気で遺体へ近づいていった。

押入れから五〇センチほどの距離でしゃがんで、遺体を子細に見分し始めた。

鑑識だの刑事だのという連中は、やはりふつうの神経の持ち主ではなかった。

「これって、加藤さん……やっぱり」

小川が乾いた声で訊《き》いた。

「おそらくは村井貞雄だろう」

加藤はうなるような声を出した。

「遺体や服の腐食具合では半年以上は経っていますね」

小川は遺体を凝視しながら言った。

「いろんな掃除屋の生き物が消え去った後でよかったな」

加藤がのんきにも聞こえる声で言った。

「ここまで白骨化してると、おぞましいもの見なくて済みますからね」

小川はのどの奥で笑うような声を出した。

やはり二人ともふつうじゃない。

心理学で、ふつうという言葉はできるだけ避けるべきである。たんにマジョリティの考えや感覚をふつうという言葉で表現することには大きな危険が伴う。

しかし、加藤と小川はやはりふつうではない。

アリシアはふだんのようすに戻った。

逆立っていた毛も収まって耳も立ち、常の姿勢に戻った。

だが、アリシアは遺体の方向に身体を向けて、鼻をうごめかしている。

「アリシアがそっちへ行きたがってるんだけど」

夏希の声に小川が戻ってきてリードを受け取った。

アリシアは遺体に近づいてゆき、まとっている茶色っぽい布地の匂いを嗅いでいる。

振り返ったアリシアは、大きく「わおん」と鳴いた。

「よしっ、アリシアいいぞ。おしまいだっ」

小川が二、三回かるくリードを引くと、アリシアは遺体から離れた。

「やっぱり間違いないですよ。タオルの匂いとこの遺体がまとっている布地の匂いは同じなんです。このホトケは村井貞雄ですよ」

加藤はうなずいた。

「タオルやバッグを使ってDNA鑑定すれば確定できるが、二週間は掛かるな。でも、九九パーセント間違いないな」

「いや、一〇〇パーセントです」

小川は譲らなかった。

「うん、アリシアの態度を見ていると、俺でもわかるよ……さて、いったん外に出ようか」

「了解です」

夏希は、どれほどこの言葉を待っていたことだろうか。

加藤が先頭になって、夏希たちは縁側へと戻った。

「俺たちが担いで帰るか……真田の隣の席に乗せてな」

加藤は庭へ下りながら夏希を振り返った。

「いやぁ」

夏希は反射的に叫んだ。

「ははは、自然死だとは思うが、実況見分もしなくちゃなんないからな」

声を立てて笑う加藤が夏希には理解できなかった。

たしかに犯罪の可能性があれば、刑事調査官、俗に言う検視官がお出ましになる。

夏希は庭に下りて、ちょっとマスクを外して深呼吸した。

いままで息が詰まりそうだったが、緑の風のおかげで少し楽になった。

小川とアリシアも庭に下りてきた。

アリシアはすっかりふだんの姿に戻っている。

「さて、俺は佐竹管理官に電話入れるから、おまえ、所轄に電話しろ」

「ここだと津久井警察署ですね」

「ああ、そうだな。とりあえず遺体は所轄に頼まなきゃならんからな」

「こんなところに長居はしたくないですからね」

おのおのスマホを取り出して、二人は電話を掛け始めた。

加藤の電話はすぐに終わったが、小川はなにやら必死で話している。

「え、だから証拠収集のために、鑑識と江の島署の刑事課でここへ来たら、たまたま遺体に出っくわしたんですよ。え、なんの事件か？　連続爆破事件ですよ。茅ヶ崎署にチョウバが立っている。え、どうして、水沢村の滝尻なんかにいるのかって？　事件の有力な参考人がここの出身で生家があるんですよ。なんでもいいから早く誰かをよこしてください。俺のことを疑ってるんなら、茅ヶ崎署に電話して、指揮本部の佐竹管理官に確認してください。とにかく大至急です。お願いします」

小川は憤然として電話を切った。

「なんだかモメてたな」

「廃屋に死体があったって言ったんですけど、イタズラ電話だと思ったみたいなんですよ。こんなところに、何の連絡もなしに、なんで本部の鑑識が来てるんだって……。冗談じゃないっすよ」

「それで誰かよこすって言ってたか」

「最終的には茅ヶ崎署に電話入れるみたいですけど、誰か来るでしょう」

小川は不愉快そうに顔をしかめた。

まぁ、小川は口下手なので、こういう話を伝えるのは上手ではないだろう。警察犬係のほかではつとまりにくいタイプだ。

「佐竹さんのほうはどうでしたか」

夏希が訊くと、加藤はおもしろそうに言った。

「村井貞雄が水沢村でホトケになってたって言ったら、腰を抜かしそうな声出してたよ。ハッピーベリーが村井じゃないことがわかったわけだから、捜査を一から仕切り直さなきゃいけないって言ってたな」

「少なくとも、これ以上、村井を追いかけても意味はなさそうですからね」

小川はうなずいた。

「ところで、真田、成長したな」

加藤はにやっと笑った。

「なにがですか」

わかっていて夏希はとぼけた。

「いつぞや、江の島でホトケ見てひっくり返ったじゃないか。今回は大丈夫だったたな」

あれは警察に入って、まだ五ヶ月という初々しい頃だった。

そう言えば、加藤も小川もあの場にいたのだった。

こうしていつまでもからかわれるネタとなるのだ。

「あれは迷走神経反射ですよ」

「なんだか知らないけど、真っ青になって汗掻《か》いてぶっ倒れたぞ」

加藤はにやにやっと笑った。

迷走神経は運動や興奮によって上がった心拍数を抑える機能を持つが本来下げるべきでないレベルまで心拍数を下げてしまうと、脳への血流量が著しく減少するため、失神症状を引き起こしてしまう。これが迷走神経反射という症状である。

迷走神経反射の原因は多々あって、精神的ショックはそのひとつに過ぎない。

「思い出した。あのときやさしかったのは、石田さんとアリシアでしたよ。加藤さんと小川さんは知らんぷりだったじゃないですか」

「そうだったかな」

加藤は耳の穴に指を入れてほじくった。

小川は我関せずとばかりにそっぽを向いている。

アリシアはきょとんとした顔で夏希を見ていた。

津久井署はなかなかやってこなかった。

三〇分以上も待たされた後、一台のパトカーがやって来た。

下りてきたのは、地域課の制服を着た三〇代と五〇代くらいの警察官だった。

「通報したのはあなたたちですね。津久井署地域課の粟屋《あわや》と言います」

年かさのほうの警官が訊いた。胸の徽章《きしょう》を見ると巡査部長だった。

若いほうは巡査だった。

「電話したのは俺ですよ。本部鑑識課の小川です」

小川は現場鑑識作業服姿なので、疑われることもない。

「そちらのお二人は」

加藤は黙って警察手帳を見せると、粟屋はうなずいた。

「女性の方は？」

粟屋は夏希の顔をまじまじと見た。

「わたしは刑事部の真田と言います」

「へぇ、あなたも本部なの？」

ちょっと小馬鹿にしたような調子で粟屋は言った。

「口の利き方に気をつけたほうがいいぞ。捜査一課の鬼刑事だ。もうすぐ警部になるんだから。津久井署に地域課長で赴任してくるかもしれないんだぞ」

加藤が至極まじめな顔で言った。

「失礼しましたっ」

粟屋はしゃちほこばって、夏希に向かって挙手の礼をした。

でたらめにも程がある。

夏希はこっそり加藤の手の甲を爪の先でつねった。

「痛いっ」

加藤は素《す》っ頓狂《とんきょう》な声を出した。

「ですから、この家のなかに遺体があるんですよね」

粟屋はけげんな顔で加藤を見た。

「そうだ、この女鬼刑事が発見したんだ」

加藤はしれっとつまらない冗談を続けている。

夏希はさらにつよくつねった。

「痛いいっ」

粟屋と巡査は顔を見合わせた。

「……はこっちだ」

加藤は先に立って縁側に上がり、建物に入っていった。

三人の姿は建物内に消えた。

夏希と小川の視線が合った。

「痛いっ」

小川が加藤の口まねをした。

次の瞬間、二人は大笑いした。

あたりの森に笑い声が響いた。

アリシアはなにが起きたのかという顔で二人を見ている。

しばらくすると、加藤と制服警官たちが戻ってきた。

津久井署の二人は真っ青な顔をしている。

「すぐに応援頼みますよ。わたしらではどうにもなりませんから」

「ああ頼む」

加藤の言葉にうなずいて、粟屋は署活系の無線で本署に連絡を入れ始めた。

「刑事課と鑑識課が出張ってくるそうです」

無線を終えた粟屋はホッとしたように言った。

「じゃあ、俺たちは帰っていいな」

「もう一度、所属とお名前を……」

粟屋は目をしょぼしょぼさせると、手帳とペンを取り出した。

「俺は江の島署刑事課の加藤だ」

「本部鑑識課の小川」

「科捜研心理科の真田です」

夏希が名乗ると、粟屋はけげんな顔をした。

「あれ？　捜査一課じゃないんですか？」

「この人、大嘘つきですから」

冗談めかして夏希は加藤の背中を叩《たた》いた。

「はぁ……」

得心がいかないような顔つきのままでいる粟屋に、加藤がまじめな顔になって続けた。

「犯罪性はないと俺は思うんだが、しっかり見てくれ。遺体の扱いが決まったら、おたくの署長から茅ヶ崎署の指揮本部に連絡入れてくれ。うちのほうでＤＮＡ鑑定を依頼したいんだ」

「え、そんな……署長からなんて無理です」

粟屋はとまどいの顔で答えた。

彼らにとって署長は直接口のきけない存在である。

「うちの捜査主任は福島捜査一課長なんでな。いまも本部にいるから、一課長あてに一報頼んだぞ。なるべく早めにな」

「わ、わかりました。刑事課の連中に伝えます」

刑事たちなら、そのトップにいる福島一課長のことは知らぬはずはない。

「じゃ、頼んだぞ」

「もし自然死でないとしたら、発見時のことについて皆さんに刑事課が詳しいお話を伺わなければならないんですが」

遠慮がちに粟屋は頼んだ。

「さっきあんたに話したじゃないか」

ぶっきらぼうに加藤は答えた。

警察官に申告したことには違いない。

「わたしはその、地域課員なんで、刑事課からもあらためて……その……」

「そんなの待ってたら日が暮れちまうだろう」

「まぁそこまでは掛からないと思いますが」

栗屋は口ごもった。

とは言え、数時間は足止めを食うだろう。

「悪いが、茅ヶ崎署のほうに誰かよこしてくれないか。これからすぐに指揮本部に戻らなきゃならないんだ」

加藤はつよい口調で言い切った。

「了解しました」

気圧《けお》されて栗屋は答えた。

「では、よろしく」

加藤が右手を挙げてあいさつしたのをしおに、小川はアリシアをケージに入れ、夏希は後部座席に座った。

最後に加藤が乗ると、小川はクルマをスタートさせた。

振り返ると、二人の地域課員はぼーっとした雰囲気でパトカーのかたわらで見送っていた。

「佐竹の話じゃ、俺たちが帰ったら捜査会議を開くそうだ」

正午を告げる鐘の音が役場のスピーカーから響いていた。

「茅ヶ崎署に着くのは一時半頃になりますね」

カーブをきれいにトレースしながら、鑑識バンは坂道を下ってゆく。

小川は意外と運転がうまいのだ。

「のんびり帰るか。到着は三時頃だと佐竹に電話しとくわ」

加藤はのんきな声で言った。

「でも、みんな待ってるでしょう」

夏希はちょっと心配になった。

「いいんだよ、少し待たせたって。俺たちがあのホトケを発見しなきゃ、捜査員の半分くらいが村井貞雄っていう幽霊を追いかけてたんだぞ。ここからがホンモノの捜査になる」

加藤はちょっと嬉《うれ》しそうだった。

まさかとは思うが、遺体の発見は加藤の予想の範囲内だったのか。

そうだとしたら、刑事の勘は恐ろしい。

「飯くらい食っていっても、バチ当たりませんよね。俺、腹減りましたよ」

「腹減ったよなぁ。俺、朝はバナナしか食ってないからな」

「とにかくどこかで飯にしましょう」

さっきの白骨のせいで、夏希はまったく食欲がなかった。

二人の鈍感さにはいまさらながらあきれる。

だが、遺体に出会うたびに食事ができないのでは、刑事や鑑識は餓死してしまうだろう。

夏希たちは相模原ICに向かう途中にある《青山《あおやま》》というスパゲティ屋に寄った。

こんな山のなかに、と思うほど洒落《しゃれ》たお店に夏希は驚いた。

アリシアはお留守番である。

ケージから出して、アリシアが先にランチタイムとなった。

「今日もお手柄だったのに、これしかやれないんだよなぁ」

小川は嘆き声を上げながら、平たいボウルにペレットをざらざらとあけた。

警察犬は盲導犬などと同じように原則としてドッグフードと水しか与えられない。

餌によっては身体を痛めるおそれもあるし、情緒が不安定になることもあり得るからだ。

茶色い小粒を音を立てて夢中になって食べているアリシアの背中を見て、夏希は気の毒な気持ちでいっぱいになった。

ドーベルマンは食事がいちばんの楽しみという犬種なのである。

だが、大好物だという鹿の骨を食べることができる機会は、警察犬としてのアリシアが引退しないとやってこないのだ。

夏希たちは木々で覆われた田舎家風のエントランスから店内に入った。

まったく食欲がないと思っていたが、不思議にもガーリックを炒《いた》める匂いを嗅《か》ぐと、夏希のお腹はくぅと鳴った。

テラス席でやわらかい緑の風を受けながら、カジュアルで家庭的なメニューを見ているうちに、がぜん食欲が湧いてきた。

夏希はブイヤベース風のトマトスパゲティを頼んだ。

ゆで加減が抜群で、スープに溶け込んだ魚介の旨味《うまみ》がもちっとした麺《めん》にからんで素晴らしい味わいだった。

派手さはないが、何度でも食べたくなるパスタだった。もっと近いところだったらいいのに、と夏希は少し残念に思った。

余さず食べた夏希は、自分もいつの間にか刑事部のカラーに染まってきているなと感じつつ、コーヒーを飲んだ。

事件は混迷の闇のなかだ。

だが、串川《くしかわ》の瀬音を聞きながら香り高いコーヒーを楽しむひとときは、あまりにも心地よかった。

すでに夏希は、滝尻集落で受けた心理的ダメージを洗い流しつつあった。

【3】

午後二時四五分頃に夏希たちは茅ヶ崎署に戻ってきた。

小川はアリシアを戸塚の訓練所に戻すために、駐車場から出ていった。

「またね、アリシア」

鑑識バンが茅ヶ崎中央通りの車列に入って見えなくなるまで見送って、夏希はアリシアとの別れを惜しんだ。

講堂にはかなりの捜査員が戻ってきていた。

もちろん、急な会議なのですべての捜査員が茅ヶ崎署まで帰ってこられるわけではない。

小早川管理官はまだ戻ってきていなかったが、織田はすでに幹部席に座っていた。

「お疲れさまでした。大発見でしたね」

織田は立ち上がって夏希たちを出迎えた。

「そう、捜査の前提が崩れたってわけですよ」

シニカルな表情で加藤は答えた。

「やはり、ハッピーベリーは村井貞雄の名前を冒用していたんですね」

「ちょっと違うけど、背乗《はいの》りに似ているね」

加藤の目が光った。

「ええ……わたしもそう思ってました」

厳しい表情で織田は答えた。

「織田さん、背乗りってなんですか」

夏希は初めて聞いた言葉だった。

「ああ、公安用語のようなものなんですけど、工作員や犯罪者などが自分の正体を隠すために、現実に存在する他人の身分や戸籍などを乗っ取って、その人物に成りすます行為を言います」

「なるほど……そういう意味なんですね」

北朝鮮関係のスパイが他人の身分を乗っ取っていたという話は、どこかで報道を読んだ覚えがあった。

「小早川さんはどう考えているかわからないけれど、ハッピーベリーはあえて自分のアカウント作成時のプロバイダーに辿《たど》り着けるようにしていたんじゃないんでしょうか」

「というと、つまり？」

夏希の問いかけに、織田は考え深げに答えた。

「IPアドレスを厳重に秘匿しているように見せかけて、その実、穴を作って村井貞雄の名前が浮き上がるように工作していたおそれがあります」

かつてもそうした犯人は存在した。

織田の言っていることが真実だとすれば、夏希に対するメッセージのなかで「わたしは村井ではない」と否定していたのも、工作だ。こちらが信じないと見越しての発言だったと言うわけだ。

ハッピーベリーはかなり狡猾《こうかつ》な犯人と考えざるを得なかった。

「ずばり訊《き》くけど、公安関係の……たとえば北朝鮮の組織とかがからんでいる話かな」

加藤は真剣な顔つきで訊いた。

「いや、考えにくいというのが個人的な感想です」

織田は言葉を濁した。

「なぜ、そう思うんです？」

「ちょっと長くなるんで、会議で話します」

「ああ、楽しみにしてますよ」

加藤はかるく会釈して自席へ向かった。

佐竹管理官と小早川管理官が戻ってきた。

「真田さん、すごいことになりましたね」

小早川管理官が弾んだ声を出した。

「おお、捜査の方向がまるきり変わったな」

佐竹管理官も隣でうなずいている。

「ハッピーベリーからのメッセージは、その後なにかありましたか？」

「ご連絡しなかったと言うことでおわかりかと思いますが、あれからピタリと途絶えています」

「なぜなんでしょう？」

「これで犯行を終えるつもりならいいんですが……」

小早川管理官は言葉を途切れさせた。

「さ、もうすぐ会議だ。後でいろいろと聞かせてもらうぞ」

佐竹管理官の言葉に小早川管理官は管理官席に向かった。

夏希も自分の席に着いた。

「あれ、別所さんは？」

あと五分で会議が始まるというのに、美夕の姿が見えない。

「なんだか本部から急な呼び出しだと言って出ていきましたよ」

幹部席から織田が答えた。

「そう言えば、昨日も係長に呼び出されたって聞いてます」

「内部監査だそうですね」

「よく知ってますね」

夏希は驚いた。

「お昼食べに行ったときにそんな話をしてましたよ」

織田はさらっと答えた。

「へぇ……織田さん、別所さんとお昼食べに行ったんですか」

問い詰める口調にならないように気をつけながら夏希は訊いた。

「ええ、彼女が調べてくれた近くの《さぬきや》っていううどん屋さんに、小早川さんと三人で行ったんですよ。いや、美味《おい》しかったなぁ。しゃきしゃきとしたうどんもいいんですが、サイドメニューが素晴らしかった。牡蠣《かき》と野菜の天ぷらが最高の揚げ具合でしたよ。夜はもっとお酒向きのメニューもあるみたいなんで、事件が解決したら、祝杯上げようって話になりましてね」

織田は楽しげに語った。

夏希はあきれた。

美夕は言葉通り、さっそく織田にアプローチし始めたというわけなのか。

「おもしろい人ですね。別所さんって」

織田は目を細めて笑った。

「そうですね」

夏希はちょっと愛想なく答えた。

なんとなく気分が悪かった。

だが、夏希はそんな感情の揺れを自分では認めたくなかった。

美夕が誰と仲よくしようとも、夏希が口出しをすべき話ではない。

織田は夏希とはちょっと親しい友だちに過ぎないのだ。

「で、こっちへ帰ってきたら、加藤さんから電話が入ってたんですね。ちょっとした騒ぎになってたんですよ。幹部も管理官も額をつきあわせて今後の対応を話し合いまして……ちょうどそのとき、別所さんにも連絡が入ってあたふた出ていきました」

「何時頃に戻るって言ってましたか」

「戻れないようなことを言ってましたね」

昨日の話を聞くと、戻れなくても不思議はない。

もちろん夏希としては困ることはなかった。

そんな無駄話をしていたら、「起立！」の号令が掛かって福島一課長と茅ヶ崎署長が入ってきた。

今日の二回目の会議だし、あいさつは抜きで佐竹管理官が立ち上がった。

「事態は大きく進展した。脅迫メッセージを繰り返すハッピーベリーが、アカウントの作成者として行方を追っていた村井貞雄ではないことがほぼ明らかになったのだ」

佐竹管理官の声は凜然《りんぜん》と響いた。

講堂には大きな動揺が走った。

「江の島署の加藤巡査部長と、警察犬アリシア号の功績だ。詳しくは加藤から話してもらおう」

佐竹管理官が振ると、加藤は席に座ったまま顔の前で手を振った。

「いや、佐竹管理官から話してくださいよ」

「照れる柄じゃないだろ。江の島署の鬼瓦《おにがわら》」

佐竹管理官の言葉に講堂内にクスクス笑いがひろがった。

「誰が鬼瓦だよ……江の島署の窪塚洋介《くぼづかようすけ》に向かって」

うつむいてつぶやく加藤に、今度は爆笑が沸き起こった。

朝の会議に比べてぐっとくだけた雰囲気になっている。

加藤はにやにやしながら立ち上がると、真剣な顔に変わって講堂内を見廻《みまわ》した。

しんと静まりかえったところで、加藤はゆっくりと口を開いた。

「いや、朝も話した通り、村井が生まれ育った家がわかったんで、アリシアを連れて……あ、鑑識警察犬係の小川と科捜研の真田も一緒に水沢村の滝尻地区に向かいました。なにしろ、村井は去年の夏から行方がわからないんで、ふるさとって言うか、実家に立ち寄っている可能性もあるかと思ったんですよ。そしたら、滝尻っていう場所は廃屋が三軒残っているだけの消滅集落でした。アリシアが村井の遺留品のタオルの匂いに反応して、一軒の家の敷地に入っていったところで、誰かが生活していた痕跡《こんせき》が認められました。さらに建物の奥の押入れで、白骨死体を発見しました。死後、最低でも半年は経過している死体でして、姿勢などからして自然死のように見受けられました。少なくとも何者かが死体を隠そうとした痕跡は認められませんでした」

加藤は言葉を切って講堂内を見渡した。

「ここからはわたしの想像ですが、生活に困窮して住む場所を追われた村井は想い出の残る実家に逃げ帰ったのではないでしょうか。すでに消滅集落だったので、電気もガスもありません。飲料水などには、集落の端を流れる川の水を使ったのかもしれません。どうやって暮らしていたかは判然としませんが、そう長い期間ではなかったのでしょう。しばらく過ごすうちに村井は体調を崩しそのまま誰にも知られずに亡くなったものと思量されます。いずれにしても、匂いに対するアリシアの反応と周囲の状況から白骨死体は村井貞雄のものと考えて不自然ではありません。死体の始末は所轄の津久井署に任せました。ＤＮＡ鑑定をすれば確定できますが、わたしはそう信じています」

加藤が座ると、多くの捜査員が息を吐く音が響いた。

「津久井署にはＤＮＡ鑑定の依頼をしてある。現在、自然死か否かを検討しているそうだ」

福島一課長が言葉を継いだ。

「ＤＮＡ鑑定には十日から二週間の時間を要する。その結果を待っているわけにはいかない。指揮本部としては、村井貞雄はとっくに亡くなっているものとして今後の方針を決めたい」

誰も異論のあるはずがなかった。

「ハッピーベリーは村井貞雄の名前を冒用することで、捜査の目を逸《そ》らしていたことがはっきりしたわけだ。犯人像について意見のある者は述べてもらいたい」

佐竹管理官は講堂内を見廻した。

「正確には違いますけど、ハッピーベリーが村井貞雄の名前を冒用したところは、背乗りに似てますよねぇ。まったくの素人のやり口ではない気がします」

小早川管理官が自席に座ったままで言った。

「となると、小早川管理官は調査対象団体や外国組織が関係していると考えておられるのか？」

佐竹管理官の問いに小早川管理官は自信なげに答えた。

「いや……はっきりはわかりませんが」

そのとき、織田が挙手した。

「佐竹管理官、いいですか」

「織田理事官どうぞ」

佐竹管理官は期待のこもった目で織田を見た。

加藤も身を乗り出した。

幹部席で立ち上がった織田は、ゆっくりと口を開いた。

「昨日、真田分析官が新駅近隣地帯がターゲットだとおっしゃったときに、僕は皆さんに参考意見に留《とど》めるようにとアドバイスしました。また、口外しないようにと口止めもしました。しかし、あの時点で僕は真田分析官のご指摘は正しいと考えておりました」

講堂内に小さなざわめきが生まれた。

「では、なぜ口止めなどしたのか。それは風評被害を恐れたからです。新駅の周辺住民がパニックを起こすおそれがあったからです。パニックが神奈川県警の警察官の噂から始まったとなると、まずいと考えたからです。しかし、四つ目の現場である平塚市大神は、平塚市ツインシティ構想の対象地域です。ここが爆破されたこともあって、犯人は新駅開設によって街作りが進む地域を狙っていることに、一部の専門家が気づき始めています。すでにネットでは都市計画家たちの指摘が小さな反響を呼んでいます。もはや隠しおおせるものではなくなったのです」

人々は織田の話に集中しきっていて、講堂内は耳に痛いほど静まりかえっている。

「今回の連続爆破事件の犯人の犯行目的を僕なりに調べて考えてみたのです。何度も爆発が起きれば、駅そのものの開設を押しとどめるような力はなくとも、必ず影響は出ます。それがたとえ、小さな爆発でたいした被害が出ていなくともです。いちばんわかりやすいのは、地価の高騰に影が差すと言うことです。新駅周辺地域に進出しようとしていた中小の事業者、住宅を建てようとしていた不動産会社、あるいは購入しようとしていた人、さらにはこれらの土地に不動産投資をしようとしていた人も、ほかの地区を選ぶでしょう」

織田はちょっと言葉を切って息を整えた。

「四つの現場はいずれも新駅開設予定地の近隣地域であり、現在は必ずしも有効利用されているとは言いがたい畑地や果樹園などです。この文脈で犯人の目的を考えると、畑地などを選んだのは、第一目的はもちろん犯行を人目につかなくするためでしょう。しかし、二番目の狙いはこうした新築不動産物件の対象となる土地だからなのではないでしょうか。いずれにしても、犯人の目的は、新駅周辺地域の不動産開発に影響を及ぼすことにあると考えるべきです。さらに、先ほどちょっとお尋ねがあったのですが……」

加藤の質問に対する回答が聞けそうだ。

「今回の連続爆破事件は公安関係事案とは考えにくいです。まず、北朝鮮をはじめとした外国勢力が狙う目標物とは思えない。彼らなら、政府関係機関や防衛関係施設をターゲットとするでしょう。中核派などの極左暴力集団にもほぼ同じことが言えますが、さらに地権者のような一般の人に危害を加えるとは考えにくいです。極右暴力集団についても同一線上で考えられます。つまり今回の事件には政治色は感じられないと言うことです」

多くの捜査員たちがうなずいている。

福島一課長が隣の席でかるく手を挙げた。

「政治的に無色と言うことについてはおおいに納得できる。しかしね、織田理事官。事務所や店舗などを新設しようとしていた事業者にとっても、住宅を建てようとしていた不動産会社や購入しようとしていた人々にとっても、不動産投資家にとっても、マイナスでしかない。もちろん、土地の所有権者にとってもマイナスだ。土地を提供する者も利用する者も誰もが損をするわけではないか。そんな犯行を繰り返していったい誰が得をするというのかね？」

福島一課長は尋ねた。

「そうなのです。そこがわたしにもわからないのです」

織田は眉根《まゆね》を寄せた。

だが、夏希には答えが見えてきた。

「ちょっとよろしいですか」

夏希は挙手して発言の許可を求めた。

「真田分析官どうぞ」

佐竹管理官が打てば響くように答えた。

夏希は立ち上がって、講堂全体が見渡せる角度に身体を動かした。

「わたしが考えるに、すでに答えは出ていると思います。ハッピーベリーはそうした新駅周辺地域の不動産開発に関わる人々にダメージを与えたいのです。つまり、営利目的ではなく、完全に怨恨《えんこん》による犯行だと思います」

福島一課長が大きく首を傾げて尋ねた。

「だが、ハッピーベリーは『被害者を助けるため』という言葉を使っている。誰が被害者だと言うんだね。今回の現場はすでに畑地だったり、果樹園となっている。あたりに豊かな森があるのは、藤沢市の打戻くらいだ。たとえば、平塚市大神などはすでに再開発事業によって、だだっ広い空き地になっている。上瀬谷町も同じような場所だ。山を削り取って宅地開発をしたり、森を切り開いて道路を開鑿《かいさく》するというような事業とは大きく違っている。だから、たとえば、自然保護的な観点では説明できないだろう。わたしには被害者が見えてこないのだが」

福島一課長の疑問は至極もっともだった。

「わたしにもまだ、具体的には見えていません。しかし、四つの現場周辺で新駅開設に伴う街作り事業が行われていることで、被害を受けた人が必ず存在するはずです」

夏希は内心で確信していた。

ただ、ハッピーベリーが、どんな人を被害者、加害者と考えているのかは、皆目わからなかった。

しばし講堂内には沈黙が漂った。

捜査員たちは夏希や織田の言葉をどう捉《とら》えていいか迷っているようであった。

「どうだろう。いまの織田理事官と真田分析官の意見を前提に、これからの捜査を進めていっては」

佐竹管理官が穏当な意見を述べた。

「そうですね。村井貞雄の線がほぼ消えたいまとなっては、ハッピーベリーのメッセージにある『正義』や『被害』を明らかにすることしか、犯人に迫る方法は残されていませんからね」

小早川管理官は賛同した後、全捜査員に向き直って口を開いた。

「ここで、犯人の目的に迫るために、ハッピーベリーのメッセージの一部を振り返ってみようと思う。これは月曜日の昼に第二爆破を起こした後に県警相談フォームに送信されたもの。つまり、世間には出ておらず、県警だけに提示された声明だ」

小早川管理官が自席のＰＣを操作すると、スクリーンにメッセージが表示された。

――かもめ★百合どのへ。ふたつの爆発を起こしたのは、我々が社会正義を実行しているからだ。我々は営利のためではなく、正義のために動いている。

「次に一昨日《おととい》の夜に県警フォームに投稿されたメッセージだ。第三の瀬谷区の爆破前に送信されたものだ」

――かもめ★百合どのへ。正義の実行のために今夜、第三の爆発を起こす。ハッピーベリー

「続けて、いまのメッセージに対する真田分析官の呼びかけとその返信を見てもらおう」

――ハッピーベリーさん。かもめ★百合です。これ以上、爆破なんてことしないで下さい。あなたが傷つくだけです。わたしのこころからのお願いです。

――そうはいかない。我々は正義を実行し続けなければならない。

――なぜ、そこまでして人々を不安にするのですか。

——ある悪人たちの被害に遭っている人々を救うためだ。不安になる人が現れることは我々の目的にかなっている。

夏希も食い入るようにスクリーンを見つめていた。

「では、今後の捜査方針を伝達する」

福島一課長の声に捜査員たちはいっせいに幹部席を注視した。

「今回の犯行が新駅開設に伴う不動産開発事業を阻害することを目的としており、動機は怨恨だという前提を採用したい。となると、これらの不動産開発事業に伴って被害を受けた者が必ず存在するはずだ。まずはそうした被害者を見つけ出すことが第一の課題となろう。そこで、本部刑事部と所轄刑事課の捜査員を四つに分ける。それぞれの班が第一現場から第四現場の周辺地域で聞き込みに廻《まわ》る。もちろん、いままで通り地取りも行うが、新駅開設に伴う不動産事業で被害を受けた者がいないか探すことを第一義の目的としてほしい。本部警備部と所轄警備課の者をふたつに分ける。一班はいままで通り、調査対象団体等の動きをチェックする。二班はネット上で不動産事業の被害者を探す。比率は……そうだな。一班が三分の一、二班が三分の二ではどうだろうか」

目顔で福島一課長が確認すると、小早川管理官は静かにうなずいた。

「それでは新しい態勢で一刻も早くハッピーベリーの言う『正義』や『被害』に迫ってほしい。いまのところ第五の犯行予告はないが、新しい動きがあったら態勢を組み直す。

班分けは佐竹管理官と小早川管理官にお願いする。以上だ」

福島一課長の言葉で緊急捜査会議は終わった。

すぐに小早川管理官が近づいて来た。

「さて、真田さんにはさっそくお願いしたいことがあります」

小早川管理官の表情は意外と明るかった。

せっかく令状まで取って究明できた村井貞雄がハッピーベリーとは無縁だとなったのに、ダメージを感じていないようだ。

「ハッピーベリーに対して村井貞雄でないことを突きつけるのですね」

夏希はにこやかに答えた。

「そうです。もうひとつ」

「新駅開設に伴う不動産開発事業についての突っ込みを入れてみるんですか」

「さすがに察しがいい。最初のメッセージだけ見せてください」

小早川管理官は弾んだ声を出した。

夏希がPCに向かって文案を考えていると加藤が近寄ってきた。

「真田、お疲れ」

「加藤さんはどこ行くんですか」

「俺は打戻の聞き込みだよ」

「捜査員は皆さんですけど、大変ですよね」

「真田も真田でいろいろと大変だな。メッセージのやりとりも疲れるだろう」

「まぁいつものことですから」

「いちばん勉強になるのに、あの研修生、こういうときに限っていないとはな」

「別所さんですか、係長のお呼びじゃ仕方ないですよ」

「ま、宮仕えの身は、上の言うことにゃ逆らえないからな」

加藤は渋面を作って肩をすくめて見せた。

「いってらっしゃい」

加藤はかるく右手を挙げると、ゆったりとした歩みで講堂から出ていった。

——かもめ★百合です。今日、わたしたちは津久井郡のある廃屋で村井貞雄と思われる方の遺体を発見しました。ハッピーベリーさんは村井さんではありませんでしたね。

メッセージはいくつかに分けようと考えて、まずはひとつ目を作ってみた。

「いいんじゃないんですか。送信してください」

小早川管理官の指示に従って送信ボタンをクリックした。

いつもこの瞬間は緊張する。

クリックした後に、背筋がこわばって痛みを感ずることも多かった。

着信アラートが鳴った。

五分も経っていなかった。

管理官席から小早川管理官がすっ飛んできた。

織田も静かに歩み寄ってきた。

——かもめ★百合どのへ。だから、我々は村井貞雄とは無関係だと言っている。いまさらなんだ。

織田があたたかい声で励ました。

「大丈夫、真田さんならうまくいきます」

「ここからはアドリブになります」

小早川管理官の言葉に織田もうなずいた。

「返信してください」

——それなら、なぜ、村井さんのツィンクルアカウントを使ったんですか。

——君たち警察が人を信じないことがわかっていたからだ。

——わたしはあなたの言葉を信じていましたよ。

——それは恐縮この上ない。

——ところであなたがなぜ新駅開設予定地ばかりを爆破するのか、わたしはずっと考えてきました。

——ほう、それはご苦労だな。

——あなたは復讐《ふくしゅう》をしたいのではないですか？

しばらく返信はなかった。

「やっぱりこの線で合っていると思います」

夏希の言葉に織田があごを引いた。

「見当外れなら、すぐに嘲笑《ちょうしょう》してくる相手ですからね」

五分ほどしてアラートの音が響いた。

——わたしは社会正義の実行をしている。悪人の被害に遭っている人を救済するためだと言っているではないか。

か？

――あなたは新駅開設によって被害を受けた人の恨みを晴らしているのではないです

――なぜ、そんなことを言うのだ。

――あなたの連続爆破行為は新駅の開設を押しとどめるほどの力はない。どの現場も

あの程度の小規模な爆破では工事を止めることすらできないでしょう。

――だからなんだ？

――新駅開設地域の土地を持つ人もその土地を利用しようとする人も誰も得をしませ

ん。土地の値段が下がって得する人がいるように思えますが、人々に不安がひろがれば

街作りにはマイナスです。

――なるほどそうだな。誰も得をしないだろう。

――森が豊かなのは藤沢市の第二現場だけだから、森のタヌキさんやリスさんのため

とも思えない。

——おもしろいことを言う女だな。

——わたしは、あなたの言う『正義』は、新駅開設に伴う不動産開発事業のために被害を受けた人を救う……もっとはっきり言えば、これ以上被害が出ないようにすることだと思っています。

またも返信が返ってこなかった。

「図星のようですね。でもどんな被害なんでしょうね」

織田の言葉に小早川管理官が低くうなった。

——かもめ★百合くん、君はなかなかと優秀なようだな。そこまで明らかにしたことに敬意を表する。そうだ、わたしの目的は新駅開設に伴う不動産開発事業によって苦しめられた人々の恨みを晴らすことだ。そして、これから同じような苦しみを持つ人を出さないためだ。

——お気持ちは共感できる部分もありそうです。

小早川管理官が息を呑《の》む音が聞こえた。連続爆破犯人に共感を示すなど、小早川管理官の頭にはないはずだ。

——それは嬉《うれ》しい。かもめ★百合どの。

——でも、聞きたいです。いったい、何者が人々に被害を与えているのですか？

——最初から言っているではないか。『悪人』だ。

——『悪人』では抽象的でわかりません。その人は、いったいどんな悪事を働いたのですか？

——善良な市民を殺したんだ。

織田と小早川管理官がつばを呑みこむ音が響いた。

——殺した？　でも、刃物を使ったり首を絞めたりする殺人犯という意味ではないですよね？

――だが、実際には刃物を使ったのと同じことだ。

――ここからはわたしの想像ですが……もしかして、悪人は善良な市民を不動産開発事業にからめて追い詰めて自殺させたということでしょうか？　その人はあなたの大切な人だったのではないですか？

返信はなかった。

五分待っても、一〇分待ってもアラートは鳴らなかった。

「ほぼ結論は出たと思います。ハッピーベリーは愛する誰かが自殺に追い込まれた恨みを晴らすために、四回の爆破事件を起こしたのだと思います」

夏希は二人に向かって自信を持って言った。

「最後の質問に対する返答がないからですか」

織田が夏希の目をまっすぐに見て尋ねた。

夏希はうなずいて言葉を続けた。

「わたしはハッピーベリーのことをとても正直な人物だと考えています。いままでかなりの文章をやりとりしましたけど、嘘を吐いたのはグループだと言うことだけです」

「単独犯だと言い切れるのですか」

「従犯がいるかもしれません。でも、わたしがメッセージをやりとりしてきた人物は一人です」

「いまの対話で途中から自称が単数形の『わたし』になりましたね」

織田が言う通りだった。

「そう。ハッピーベリーにとっていまの対話は緊張を要するものだったに違いありません。捜査が進んで真実を突きつけられ続けているわけですからね。つい『わたし』という自称を使ってしまったのでしょう。さらにハッピーベリーは答えにくい質問があると必ず沈黙します。たとえば、反社会性パーソナリティ障害を持つ人間であれば、何のためらいもなく即座に嘘を吐くでしょう。実生活でも自分の思いをまっすぐに表現するタイプではないでしょうか」

対話の相手がどの程度真実を語っているかを判断することに、対面であれば夏希はかなりの自信がある。

精神科医や臨床心理士としての臨床経験から、嘘をつくときの人の態度を修得しているからだ。人間は、表情、声音、しぐさなど、ノンバーバル（非言語）な部分でとてもおしゃべりな存在なのである。

だが、最近はテキストベースでもずいぶんとわかるようになってきた。もちろん、対面での会話のようにゆくはずもない。しかし、文体やセンテンスの長さ、メッセージの発せられる速度や頻度などにも豊富な情報が含まれているのだ。

「ハッピーベリーは非常にまっすぐな人間のような気がします」

「なるほど、臨床経験の豊富な真田さんが言うのだから間違いないでしょう」

織田は唇に笑みを浮かべた。

「ここからはわたしの想像なんですが……ハッピーベリーは不動産開発事業の関係で、家族か恋人か親友などが自殺に追い込まれた人物なのではないでしょうか。その復讐《ふくしゅう》をするために今回の事件を起こしているような気がします」

夏希は確信に近い思いを抱いていた。

「最後のメッセージに返事をせずに逃げ出したところを見ると、そう考えてもいいだろうな」

いつの間にか福島一課長がそばに立っていた。

「ということで、四つの現場の周辺地域と、その他の県内の新駅開設予定地域で、いま言ったような事例がないかを探しましょう。おい、仕事だぞ」

小早川管理官は手短に言って、ＰＣに向かっている警備部の部下たちのところに歩み去った。

「同時に、外へ出ている捜査員たちにも伝える必要があるな……なぁタケさん」

福島一課長は管理官席で書類を読んでいる佐竹管理官に声を掛けた。

「なんでしょう？」

「いま、真田がハッピーベリーと対話していて気づいたことなんだが、ハッピーベリーは不動産開発事業の関係で、家族か恋人か親友などを自殺に追い込まれた人物ではないかと言うんだ」

「うーん、それは否定できませんね」

佐竹管理官はうなり声を上げた。

「聞き込みに廻《まわ》っている全捜査員に、そういった話を耳にした住民がいないか探すように指示してくれ」

「了解です。すぐに全捜査員にメッセージを流します」

佐竹管理官は連絡要員を呼んで、福島一課長の指示を伝えた。

窓の外が暗くなっても目立った動きはなにひとつなかった。

アラートもあれきり鳴らない。

織田は真剣な表情で自席のPCを見つめている。

警備部員たちも必死でネットに向かっているが、これといったヒットは出ないようだ。

指揮本部には次第に沈滞したムードが漂い始めた。

時計の針が午後七時を廻ろうというときだった。

電話の着信音が鳴った。

佐竹管理官の電話だ。

「え？　おまえいったいどこにいるんだ？　なんだって！　おまえ、打戻班のはずじゃなかったのかっ」

電話に向かって怒声を張り上げている。

こんなに佐竹管理官を怒らせる捜査員は……加藤しかいない。

「おまえ、なんで指示に従わないんだ。その線はもう捨てたはずじゃないか。それでなんだ？　なにを見つけたんだ？」

佐竹管理官は途中から前のめりになった。

「なんだって！」

あまりの大声に、講堂内の全員が佐竹管理官を注視した。

「そうか……もっと詳しく話してくれ」

電話の相手の声はむろん聞き取れない。

佐竹管理官はときどき相づちを打っているが、内容には少しも触れなかった。

ただ、眉間《みけん》にしわを寄せたその表情から、相手は非常に重要な事実を伝えていると思われた。

佐竹管理官は、手帳を開いてメモを取りながら一五分近く電話を続けていた。

夏希はジリジリしてきた。

織田も小早川管理官も同じ気持ちのようだ。

織田は珍しく貧乏ゆすりを始めたし、小早川管理官は爪を嚙《か》んでいる。

「よし、たしかにそれは有益な情報だ。今回は見逃してやる。ただ、今度、指示に従わなかったら、山奥の駐在所に飛ばすからな」

佐竹管理官は嫌味を言って電話を切った。

「まったく、加藤のあまのじゃくにも困ったもんだ」

佐竹管理官は鼻から長く息を吐いた。

やはり電話は加藤からのものだった。

「タケさん、加藤はいったいなにを見つけたんだ」

福島一課長が管理官席に近づいて尋ねた。

「ヤツは打戻班のくせに、相方を放り出して一人で寿町に聞き込みに行ってるんですよ」

佐竹管理官の言葉に福島一課長は目を剝《む》いた。

「寿町というと、村井貞雄がいたところじゃないか。あの線は終わったはずだろう」

夏希も驚いて佐竹管理官の顔を見た。

「本人が言うには、どうしても引っかかるんで、もう一度聞き込みに廻りたかったんだそうです」

「加藤の気持ちなんぞはどうでもいい。有力な情報をつかんだんだな？」

福島一課長は話の先を急《せ》いた。

「ええ、村井の話を聞くために、加藤は寿町の簡易宿所をもう一度丁寧に廻ったんだそうです。そしたら、《むらた荘》というところで、村井と仲のよかった六〇歳の男性を見つけたんです。加藤はその男性にビールかなんかをおごって話を聞いたら、村井の知り合いに不動産開発事業にからんで詐欺同然の目に遭って自殺した男がいるって言うんですよ」

　夏希の背中に汗が噴き出した。

　村井貞雄とハッピーベリーにはつながりがあったのだ。

「ほ、本当ですか」

　夏希の声は震えた。

「赤川元文《あかがわもとふみ》という村井貞雄と同世代の男性で、赤川の妻が水沢村滝尻地区の出身なんで、親交があったようなんです。赤川は村井を嫌っていたみたいなんですが、奥さんのほうは同郷だし、すでに消えてしまった集落なんでなつかしかったんでしょうな。お互い滝尻の話をしたくて、行き来があったみたいです。五年前にがんで奥さんが先に亡くなってからは親交も途絶えがちだったという話ですが、とにかく村井と赤川にはつながりがあったんですね」

　夏希は昼間見た滝尻地区の廃村集落を思い出していた。

「そうか……それで赤川という人物はどうして自殺したんだ？」

　福島一課長の問いに、佐竹管理官は唇をなめて話を続けた。

「赤川元文は藤沢市遠藤の出身で、親から譲られた山林や田畑をたくさん持っていたんです。ところが、いわゆるアパート経営詐欺に引っかかったんですよ」

「ああ、捜査二課でもずいぶん扱ってるな。だが、詐欺罪で立件できるのはごく一部だ。

ほとんどは限りなく違法に近い適法な商売だからな」

福島一課長は顔をしかめて言った。

「そうなんです。賃借人がいっぱい入ればまったく問題がなく、アパート経営に乗り出したおかげで左うちわなんてこともあり得ます。たとえば、二〇年くらい前だったら大家業も悪くなかったんだと思います。だけど、現在、神奈川県の郊外地域は完全に借り手市場です。この茅ヶ崎でも空き家が目立ってますからね」

佐竹管理官は窓の外に目をやった。

「うん、飯を食いに行ったときも空き部屋の看板が目立ったな。要するにアパート経営を勧める会社が増えすぎて、供給過剰になっているんだな」

「おっしゃる通りです。アパートを建てても、そう簡単に店子《たなこ》で埋まるようなことはないんです」

「最近は他県の地方都市でも同じような状況らしいがな」

福島一課長の言葉に佐竹管理官はかるくあごを引いて続けた。

「ところが、この手の運営会社は絶対に儲《もう》かるようなことを言って土地持ちなんかをそそのかすんですよ。運営代行して三〇年間は家賃保証する。空室時の家賃も保証する。管理は運営会社に任せればいい。ってのが、うたい文句ですけど、どんな状況でも運営会社が不利にならないような契約になっているんですよ。打ち切り条項や家賃設定権限はすべて運営会社側にある。だから、空き部屋が出れば、大家は大損をするわけです」

「節税になるとか、年金代わりになるとか、いろいろな甘い文句で勧誘するようだな」

福島一課長は渋い顔つきになった。

「そんなの空念仏ですよ。建物をキャッシュで建てた人はまだいいですよ。だけど、三千万円とか四千万円とかそんな建築資金を用意できる人は少ない。だから、多額のローンを組むことになります。みんなこのローンの金利で参っちゃうんですよ」

佐竹管理官は不快そうに唇を歪《ゆが》めた。

「うたい文句に明らかな欺罔《ぎもう》行為がない限り詐欺にはならないからな……でも、世の中、そう簡単に儲けられるはずがないんだよ」

福島一課長はしんみりとした口調で言った。

「だけど、土地持ちのお坊ちゃんなんかは、人がいいからコロリと騙《だま》される。自分の土地を担保にして多額の借金を背負っちゃうんですね。要は運営会社が大家から絞り上げるだけ絞り上げてポイなんですがね」

佐竹管理官は眉《まゆ》をひそめた。

「わたし、話を聞きながら、警察庁のデータベースを調べてました。新駅開設予定地の周辺部には、その手の無理なアパート経営勧誘が多いですね。詐欺被害の訴えがほかの地域とは比較にならない件数です」

織田がＰＣから顔を上げて言った。

「これで新駅とアパート経営詐欺が完全につながったわけだ」

佐竹管理官は腕組みをした。

「それで、赤川元文は自殺したんだな」

「去年の秋の夜更けに宮ヶ瀬湖にクルマで飛び込んだそうです。宮ヶ瀬ダム付近の遊覧船乗り場近くの道路からダイブしたようです。深夜だったんで、飛び込んだときには誰も気づかず、発見されたのは二日後だそうです。運転していたのは赤川本人で助手席には一人っ子だった息子が乗っていたとのことです」

「ずいぶん詳しいことがわかっているな」

「ええ、そのあたりは加藤はしっかりしてるんで、宮ヶ瀬ダム付近の愛甲郡愛川町《あいかわまち》を管轄する厚木署に電話して確認を取っています」

いつの間にか佐竹管理官は加藤をほめている。

たしかに数時間でここまで調べ上げる加藤はただ者ではない。

「なるほど……ところで、赤川元文にアパート経営を持ちかけたのは、何者なんだ？」

夏希が訊《き》きたかったことを福島一課長が質問した。

「はい、これも厚木警察署が調べてます。藤沢市大庭《おおば》に本社のある株式会社藤南《ふじなみ》開発だそうです。赤川父子《おやこ》の自殺当時、念のために厚木署の刑事二課が調べてますが、立件するような違法性はなかったようです。この会社は山川安信《やまかわやすのぶ》という四〇代の男のワンマン経営の会社らしいです。山川は会社近くに住んでいるようですが……」

「かなりの確率で、赤川元文父子がハッピーベリーと関連していると言えるな。だが、いまの時点ではその結びつきがわからんな」

福島一課長は首をひねった。

「赤川元文父子に残された家族はいないようですね。さっき真田さんが言っていたのは、家族、恋人、親友でしたね」

織田は夏希の顔を見て訊いた。

「ええ、復讐《ふくしゅう》を企てるとしたら、ほかには考えにくいですよね。家族がいないなら、恋人か親友……でも、いまになって覆すようで恐縮ですけど、親友の線も薄いでしょうね」

夏希の言葉に福島一課長はあごに手をやって低くうなった。

「となると、いちばん疑わしいのは、赤川元文父子の恋人か……」

「そうですね、通常は息子のほうの恋人でしょう」

織田の言うことはもっともだった。

「五八歳の村井貞雄と同年輩の赤川元文だから、息子は亡くなった時点で三〇前後かなぁ。息子の情報もほしいな。そこからハッピーベリーに辿《たど》り着けるかもしれん。第二現場の打戻班の連中に、聞き込みの際に赤川元文父子についても調べさせよう」

夏希はふと思いついた。

「福島さん、もうひとつつけ加えて頂きたいんです」

「なんだね、真田」

「赤川元文さんは警察に相談していなかったんでしょうか。もし、自分が詐欺に遭ったと思っていたんなら、被害届を出すまではいかなくても、所轄署に相談に行っているかもしれませんよね」

「たしかにそうだな」

「だとしたら、その所轄に事情を聞きに行ったら、関係者が浮かび上がって来るかもしれませんね」

「遠藤に住んでたんだから、藤沢北署だ」

佐竹管理官が即答した。

「藤沢北署なら、打戻班から誰かを直接向かわせよう。そう言えば、加藤が放り出した相方って誰だ？」

福島一課長が少し笑い交じりに訊いた。

「捜査一課の石田ですよ。石田に藤沢北署の刑事課に行かせますよ」

佐竹管理官は電話を取りだした。

「……ああ、そうだ。藤沢北署の刑事課知能犯係だ。急行しろ」

藤沢北署で有力な情報が得られることを夏希は祈った。

一時間ほどは何ごともなく過ぎた。

アラートも鳴らないままだった。

足音を立てて小早川管理官が青い顔ですっ飛んできた。

「大変ですよ。ハッピーベリーがツィンクルからマスコミ各社に呼びかけを行っています」

「どんな呼びかけだ？」

福島一課長が緊張した声で訊いた。

「いま映します」

小早川管理官は自席に戻ってマウスを操作した。

スクリーンにツィンクルのタイムラインが映し出された。


――マスコミ各社へ。拡散希望。県内の新駅開設に伴う不動産開発事業に伴い、アパート経営詐欺が激化した。四件の爆破はこれらの地域を狙った。地域住民の不安を煽《あお》って、詐欺師たちを萎縮《いしゅく》させ、被害に遭う人を救うためである。だが、目論見《もくろみ》は挫折《ざせつ》した。今夜、最後の警告を行う。ハッピーベリー

「なんてメッセージを……」

額に噴き出した汗を夏希はハンカチでぬぐった。

「すでにツィンクルではどんどんシェアされています。指名を受けたマスコミ各社もビッグニュースとして報道するはずです」

小早川管理官の声もうわずっていた。

「まずいな……」

福島一課長はのどの奥でうなった。

「真田さん、思い留《とど》まるようにメッセージを送って下さい」

「はいっ、わかりました」

小早川の指示に夏希はキーボードを叩《たた》き始めた。

——かもめ★百合です。ツィンクルのメッセージ読みました。もう恐ろしいことはやめてください。どうかどうか思い留まってください。わたしたちは、いつでもあなたの力になれるようにと待機しています。どうか思い留まってください。

「送信します」

夏希は懸命の思いで書いたメッセージを送信した。

だが、当然のように返答はなかった。

「最後の警告っていうことは、またどこかを爆破するつもりか」

佐竹管理官の声は乾いた。

「今度は大爆発を起こすつもりかもしれませんよ」

小早川管理官は震え声で言った。

「そんなことは許さんぞ」

佐竹管理官が怒りの籠《こ》もった声を出した。

だが、具体的にどんな対策を取っていいのか、誰もわからなかった。

「落ち着きましょう」

織田が冷静な声で言ったので、その場の人々の興奮は静まった。

「まずはこのメッセージですが、『目論見は挫折した』と言っています。これはさっきの真田さんとのやりとりで、不動産開発事業がらみで大切な人が自殺に追い込まれたことを指摘されて動揺したのだと考えられます」

「そうでしょうね。それまでは強気でやりとりしていたわけですから」

小早川管理官がうなずいた。

夏希にも異論はなかった。

「まだまだ犯人に迫っているとは言えない気がします。それにもかかわらず、ハッピーベリーは自分の計画が頓挫《とんざ》したと言っている。と言うことは、被害者の近辺を当たればきっと浮かび上がってくる人物なのだと思います」

織田の言葉は正しいと夏希は思った。

「もし本当に、ハッピーベリーが自殺した赤川元文父子の復讐をしているのだとすれば、父子を探ってゆけば意外と早く辿り着けるかもしれません」

夏希の言葉にその場の誰もがうなずいた。

だが、いまは石田の情報だけが頼りだ。

佐竹管理官の電話が鳴った。

講堂内に緊張が走る。

「おう、石田か。ご苦労。それでなにかわかったか」

佐竹管理官の声が弾んだ。

「え……本当か？　では、本人に訊《き》いてみよう」

驚きの声で佐竹管理官は電話を切った。

「石田はなにをつかんだんだ？」

福島一課長が気負い込んで訊いた。

「去年の春頃、赤川は藤沢北警察署の知能犯係に相談に行っていました。父親ではなく、息子です。息子は赤川元哉《もとや》という、当時三一歳の彫金家です」

夏希の頭のなかになにかが引っかかった。

「相談内容は『親父が詐欺に遭っている』というものでしたが、藤沢北署としては事情を聞いた上で事件として取り扱わないことに決定しています。驚いたのは、担当したのが、いまは捜一の別所美夕巡査部長なんですよ」

佐竹管理官はおもしろそうに言った。

「えっ、そうなんですか」

思わず夏希は声を上げた。

あまりにも好都合ではないか。

「うん、そう言えば、別所はこの春、藤沢北署から異動になったんだ」

福島一課長はうなずいた。

「だから、詳しいことは別所に聞けますよ」

「そうだな、なんて間がいいんだ。すぐに電話してみてくれ」

「了解です」

佐竹管理官はふたたび電話を取ってタップした。

だが、つながるようすがない。

「おかしいな、電源が入っていないか圏外のメッセージが繰り返されている」

警察官たるもの、いつ呼び出しがあるかわからないから、携帯の電源を切ることはない。

オフを大切にする夏希でも、仕方がないのでいつも電源は入れっぱなしである。

「移動中でトンネルにでも入ってるんじゃないのかね」

もっともありそうな話だ。

「そうですね、しばらく経ってから掛け直してみましょう」

のんきな口ぶりで佐竹管理官は答えた。

だが、一〇分経っても、美夕の電話はつながらなかった。

「おかしいな」

佐竹管理官は首を傾げた。

「携帯端末のトラブルかもしれませんよ。ごくまれにあるようですから」

織田の言葉に夏希は気づいた。

「本部の情報係に電話入れてみてください。別所さん、係長に呼び出されたんです」

「そうだった。内部監査でしたよ」

織田もうなずいた。

「わかった。捜一の情報係に電話を入れる」

佐竹管理官は情報係の直通番号を調べて電話を掛け直した。

「管理官の佐竹だが……」

しばらく話していた佐竹管理官は素《す》っ頓狂《とんきょう》な声を上げた。

「なんだって！　本当か。わかった……」

電話を切った佐竹管理官の顔色が変わっていた。

「今日は別所を呼んでいないと情報係長は言っている」

佐竹管理官は乾いた声で言った。

「え……」

「どういうことだ」

夏希と織田は顔を見合わせた。

「昨日はたしかに内部監査のために呼び出したが、今日は連絡も入れていないそうだ。昨日の呼び出しはちょっと緊急で、情報係長もこちらの指揮本部が優先と理解していた」

佐竹管理官は不審そのものといった顔で言葉を切った。

「じゃあ別所は嘘をついて、この指揮本部を離脱しているということかね」

「そうとしか思えません」

「いったいなんのために？」

福島一課長は佐竹管理官の顔をじっと見て尋ねた。

夏希の脳裏に美夕の右手の輝きが浮かんだ。

「さっき、佐竹さんは自殺した赤川元哉さんが彫金家だとおっしゃってましたよね」

気負い込んで夏希は訊いた。

「ああ、詳しいことは知らないが、ジュエリーなどを作っていた人物らしい」

佐竹管理官はさらりと答えた。

「別所さん、右手の薬指にピンクオパールとシルバー925の素敵な指輪をしていたんですよ。話を聞いたら知り合いのデザイナーに作ってもらったそうなんです。オリジナルデザインの手彫りの一点モノだから、すごく大事にしてるって言ってたんです。もしかすると、そのデザイナーというのは、彫金家の赤川元哉さんのことじゃないでしょうか」

夏希は声を震わせた。

「詐欺事案の相談を通じて、別所さんと赤川元哉さんは知り合いになっているはずだから、不自然な話ではないですよね」

織田が同意したが、それだけではない。

「右手の薬指の指輪って恋人からの贈り物やペアリングを意味することも多いんです」

夏希は慎重に言葉を選んだ。

「おい、というとつまり、その……別所は赤川元哉の恋人だったかもしれんということか」

福島一課長の声もわずかに震えていた。

美夕は福島一課長の直属の部下でもあるのだ。

「ハッピーベリーもピンク色の実だ……」

小早川管理官の声はかすれた。

「真田は別所巡査部長が、ハッピーベリーだと言いたいのかね」

福島一課長は目を大きく見開いた。

「あくまでも可能性の話です」

夏希としてはそれ以上は言えなかった。

そうであってほしくなかった。

だが、わかった事実を総合すると、結論は悪い方向を示していた。

「別所さんがわたしのところで一緒に仕事をするようになったのはなぜなんですか」

夏希は福島一課長に尋ねた。

「情報係長からの進言に基づいて、先月の上旬にわたしが決めた。本人のつよい希望もあったと聞いている」

福島一課長の言葉に織田は得心がいったようにうなずいた。

「大きな事件が発生すると、真田さんは必ず指揮本部や捜査本部に呼ばれます。真田さんの側にいれば、自分の起こしている連続爆破事件の指揮本部に潜り込めると考えたのではないでしょうか。指揮本部内にいれば、捜査の進捗《しんちょく》状況が逐一わかりますからね」

「それですよ、それ。わたしもそう思います」

小早川管理官も即座に賛同した。

自分に対する敬愛の念をみせていたのも、織田に対して気があるような素振りをしていたのも、すべては演技だったのか。

美夕という女の実体がすっかりわからなくなった。

「でも、わたしと別所さんは昨日と今日の昼前までは、いつも一緒にいましたよ。彼女が側にいるときに第二現場の打戻の爆発が起きたんですから」

夏希はいちおうの反論をしてみた。

「それは爆弾が遠隔操作式なのだから少しも難しくないですよ。勤務終了後の夜の間に爆弾を仕掛けておけば、起爆させるには電話を掛けるだけですからね。一〇秒もあれば可能だ」

小早川管理官はあっさり否定した。

「そう言えば、第二現場の爆発があったときに、彼女はコンビニに買い物に行っていて目の前にはいませんでした」

「ほかの爆発が起きたときも、絶対に真田さんの目の前にはいなかったはずですよ」

「そうかもしれません……でも、いくつかのメッセージが来たときは一緒にいたと思いますが……」

「常に一緒ではないと思いますよ。たとえばトイレとか？」

「ああ、そうだ、第二現場から指揮本部に戻ったときもハッピーベリーはメッセージを送ってきましたが、別所さんはわたしたちのお昼をイオンに買いに行ってました」

あのときも美夕は率先して買い物に行くと言い出したのだ。

「あのときのメッセージは紋切り型で短かったですよね。時間がなかったので定型文を用いたのでしょう」

小早川管理官に指摘されてみると、美夕にはすべての行動が可能だったような気がする。

「夜などはずいぶんと長い対話が続きましたね」

「ええ、指揮本部から行方をくらましているさっきの対話も長かったです」

したり顔で小早川管理官は言った。

「どうやら、残念な結果となりそうですね」

佐竹管理官が沈んだ声を出した。

「嘘までついてこの本部を離脱したからには、今夜、彼女は本気で何かをやるな」

福島一課長が緊迫した声で言った。

「どこでなにをやるんでしょうか」

織田の言葉に夏希はハッと気づいた。

「先ほどハッピーベリーは大切な人を殺されたも同じだという趣旨の発言をしています。そうだとすると、最後の警告とは、ハッピーベリー……」

「いや、もう別所と考えていいだろう」

福島一課長が残念そうにたしなめた。

「別所さんがいちばんの悪人と考えている人間を狙うこととしか思えません」

夏希の背中に汗が噴き出た。

「とすると、狙われるのは、赤川元哉さんを死に追いやった山川安信という不動産会社の経営者ですね」

「おそらくは……」

夏希の言葉に福島一課長はいち早く反応した。

「藤沢北署の地域課と、周囲を巡回中の機捜、自動車警ら隊のパトカーを、藤沢市大庭の藤南開発本社と山川安信の自宅とに向かわせろ。至急、山川安信の身柄を保護するんだ。いいな、なにがあっても別所にこれ以上の罪を犯させてはならないっ」

福島一課長の言葉に連絡要員があわただしく無線機や電話に向かった。

「ただし、大庭付近でサイレンは鳴らすな。犯人を刺激してはいけない」

福島一課長はあわててつけ加えた。

「わたしも大庭に行きたいです」

夏希はいても立ってもいられない気持ちだった。

「そうですね、わたしも行きます」

打てば響くように織田も呼応した。

「おい、誰か、織田理事官と真田分析官を大庭までお連れしろっ」

佐竹管理官が叫んだ。

時計の針は午後八時をまわっていた。

【4】

二分後、夏希と織田を乗せた茅ヶ崎署のパトカーは茅ヶ崎中央通りを北へ向かっていた。

「とりあえず大庭に向かっています。大庭という字はかなり広いエリアなんですが、どこへ向かいますか」

運転している若い警察官は背中で訊《き》いてきた。

地域課の制服警官だった。

「出てくるときに聞いたけど、藤南開発は湘南ライフタウンという大型分譲住宅地のメインストリートである藤沢市道辻堂駅遠藤線に面しているようだね。駒寄《こまよせ》団地入口という交差点の近くだ。一方、山川安信さんの自宅は藤沢市立小糸《こいと》小学校の東南だ。直線距離でも一・三キロくらい離れてるな。まずは自宅だろうが、山川さんに連絡はつかないのかな」

織田が首を傾げたときに夏希の電話が鳴った。

「小早川です。山川さんは現在、自宅にいません。つい一〇分ほど前に犬の散歩に出たそうです。毎日の習慣で、小一時間は住宅地を散歩させるそうです」

「携帯は持って出てないんですよね？」

「残念ながら持っていないようです」

「犬の散歩コースというのはわからないんですか？」

「熊野《くまの》神社、舟地蔵《ふなじぞう》公園、引地川親水《ひきじがわしんすい》公園、大庭城址《じょうし》公園あたりらしくて、その日その日によって行き先も変わるそうです。今夜どこを目指したのかは奥さんも知らないそうです。いま藤沢北署と機捜と自動車警ら隊が手分けして向かっています」

夏希はタブレットで付近のマップを見たが、なるほど大住宅地のなかに公園がいくつも設けられている。住宅街のなかの道路も入り組んでいて、山川安信という男性がどこにいるのかは容易には見つけられないかもしれない。こんなときにアリシアがいてくれたら、ずいぶん違うだろうが……。

「ありがとうございます。また、なにかわかりましたら、連絡して下さい」

夏希は電話を切って、隣の織田に声を掛けた。

「織田さん、山川さんは犬の散歩に出ているそうです。熊野神社、舟地蔵公園、引地川親水公園、大庭城址公園あたりのどこかにいるのではないかという話でしたが、行き先は奥さんも知らないそうです」

「うーん、困りましたね。けっこう広い範囲だな。一キロ四方くらいありますよ」

織田は自分のスマホを覗《のぞ》き込みながらうなった。

「とりあえず大庭城址公園に向かいます」

運転手役の地域課員が答えた。

「どれくらい掛かりますか？」

畳みかけるように織田が訊いた。

「そうですね、サイレン鳴らしてよければ、一五分は掛からないと思いますよ」

「大庭付近に着くまでは、盛大に鳴らしてください。近づいたら切ってほしいです」

「了解しました。茅ヶ崎中央ＩＣから新湘南バイパスと藤沢バイパス経由で向かいます」

地域課員はサイレンと赤色回転灯のスイッチを入れた。

パトカーはグッと加速して茅ヶ崎中央ＩＣへと向かった。

窓の外を流れてゆくファミレスやフライドチキン店を眺める夏希のこころには、大きな不安が重苦しくのしかかっていた。

山川安信はどこにいるのだろう。美夕は必ず跡をつけているはずだ。

神奈川県警の巡査部長昇格試験の受験資格には「女性警察官にあっては、逮捕術及び救急法の技能検定の有級者」という項目がある。

美夕はちょっと見たところは華奢《きゃしゃ》だが、当然ながら逮捕術も習得している。相手に肉体的な損害を与えずに抵抗力を失わせるのが逮捕術の要《かなめ》なのだが、ずぶの素人の山川などはあっという間に組み伏せてしまうだろう。

その意味で丸腰の一般人は格闘技でも修めていない限り、なかなか警察官に太刀打ちできるものではない。

美夕がナイフ一本でも持っていれば、山川を容易に殺傷することができるはずだ。

特別捜査官枠で採用になった夏希は、逮捕術などとは無縁で働いてきたのだが。

夏希はタブレットで小早川管理官が伝えてきた公園や神社を次々に検索してみた。

いちばん大きいのは、大庭城址公園だ。

桓武平氏《かんむへいし》の流れをくむ大庭氏が平安《へいあん》末期に築城した古い城だ。その後、江戸《えど》城を築城した太田道灌《おおたどうかん》や北条早雲《ほうじょうそううん》らによって改修されたが、後北条氏《ごほうじょうし》の滅亡とともに廃城となったという。

現在は藤沢市民の憩いの場としてひろく愛されている。

藤沢バイパスを下りたパトカーは左折して北へと向かい始めた。

タブレットのマップで見ると、県道藤沢厚木線とある。

中央分離帯を持つ広い二車線道路である。

「もうすぐ大庭に入ります。サイレンは切りますね」

「そうしてください」

静かになったパトカーは法定速度で走り始めた。

「さて、どこへ向かおうか」

織田がつぶやいたその時だった。

署活系の無線に入電した。


——藤北3からPS。大庭城址公園でマルタイを発見。女に刃物を突きつけられている。繰り返す。


「大庭城址公園だっ」

織田が叫んだ。

あっという間にパトカーは大庭城址公園の南入口に着いた。

すでにパトカーが一台と覆面が一台停まっていた。

夏希と織田は転げ出るようにパトカーから下りた。

「科捜研の真田です」

「あ、あんたは本部の……」

見覚えのある中年男だった。

第二現場で会った機動捜査隊平塚分駐所の中川巡査部長だった。

「マルヒはどこにいますかっ」

夏希は気短に訊いた。

「すぐ上の館址《やかたあと》広場ですよ。いま四人で対処しています。わたしは本部に応援を頼むところです」

「わかりました」

夏希と織田は息せき切って坂道を上った。

公園内に照明はないが、付近の住宅の灯《あか》りでけっこう明るい。

すぐに平らな場所に出た。

木々の間に逆三角形の芝生の土地がひろがっている。

もとの城郭の位置を示すものか、御影石《みかげいし》の礎石のようなものが点在していた。

「人質を放しなさいっ」

前方から男の声が響いた。

私服が一人、制服が三人の警察官の背中が見えた。

その向こうに……。

「別所さんっ」

夏希は反射的に叫んだ。

マルヒ、マルタイと向き合っていた警官たちは、驚いて夏希の立つ位置を空けた。

やはり美夕だった。

美夕は左手で男の首を絞め上げ、右手に持ったナイフを首筋に突きつけている。

山川と思《おぼ》しき男は息も絶え絶えに喘《あえ》いでいる。

飼い犬は逃げ出したのか、姿が見えなかった。

「真田さん……ここであなたには会いたくなかった」

美夕はうめくような声で答えた。

「間に合ってよかった」

夏希はやわらかい声を出した。

「いまわたしが右手に力を入れれば、この大悪人はたちまちあの世行き。間に合ってなんかないよ」

美夕はせせら笑うような声を出した。

「この山川みたいなクソ野郎の被害に遭う不幸な人をなくすためにね。自分の犯行だと気づかれないように用意周到に計画してたのに……。結局、夏希さんには見破られてしまったね」

美夕は乾いた声で笑った。

「美夕ちゃん、あなたの気持ちはよくわかってるつもり」

「わかってるはずないでしょ」

「そんなことないよ」

「だって、真田さん、本気で人を愛したことあるの？」

「それは……」

　夏希は言葉に詰まった。

「わたしは愛した。元哉さんをこころから愛していた。自分の腕で、自分だけの美を創り出す。そして、世界中の人を幸せにする。尊敬できる素晴らしい人だった。なのに、この大悪人のせいで、元哉さんは地獄に堕《お》とされたのっ」

　美夕は激しい声で叫んだ。

「藤沢北署であなたが担当だったんですってね」

　夏希はあたたかい声で尋ねた。

「そう、わたしは担当だった。すぐに元哉さんの素晴らしい人柄と作品の芸術性の高さを知ったの。なのに、元哉さんのお父さんはこの男に騙《だま》されてたくさんの借金を背負わされた。元哉さんは建築資金ローンの連帯保証人になってしまったのよ。この男は大嘘つき。アパートが建ってから最後まで、半分も住人が入ったことはなかった。ローンの金利ばかりがかさんで、やがてにっちもさっちもいかなくなった。この大悪人にも何度も話を聞きに行った。いつも『営業の自由の範囲内ですよ』ってせせら笑ってた」

　山川と思しき男はなにも言えずに震えていた。

「その男のしてきたことは、きっとその男に報いを与えるでしょう。でも、美夕ちゃんが罰を与えるのは間違っている。あなただって警察官なんだから、そのことはわかるでしょ」

美夕の眼をしっかりと見つめて夏希は語りかけた。

「わからないよっ。わたしはじゅうぶんな証拠を揃えて係長にも課長にも立件しようと訴えた。だけど、上司たちは検事が納得しないと突っぱねた。わたしは自分がどんなに無力な存在であるかを思い知らされた。こんな大悪人を世の中にのさばらせておかないために警察官になったのに。わたしにはなんの力もなかった」

途中から美夕の声には力がなくなった。

「あなたは村井の失踪《しっそう》を知っていたのね」

美夕は暗い顔でうなずいた。

「指揮本部では村井と元哉さんとの間にたいしたつながりはないって考えてたけど、二人はメールのやりとり程度のつきあいはあった。去年の夏に村井が失踪した後に、元哉さんが村井の最後のメールをわたしに転送してきたの。メール自体は『遠いところへ行きます』くらいの内容だったけど、元哉さんはいい人だから心配したのね。だから警官のわたしに相談した。わたしはこういう失踪ケースでは警察はまともには動かないって答えた。そのうちに、元哉さんは村井どころじゃなくなってしまった……」

「元哉さん自身に不幸が迫ってきたのね」

「わたしはこのクソ野郎を許せない」

美夕の声にはどす黒い怒りがあふれ出ていた。

山川は痙攣するようにビクッと身体を震わせた。

「もしかして、あの滝尻の廃屋にも行ってみたの？」

夏希はあえてゆったりとした声で訊いた。

「ええ、村井のことを徹底的に調べて、あの廃屋にも辿り着いた。村井が白骨になっているのを確認したから、村井になりすますことにした。まだ残っていた村井の《ONモバイル》のアカウントをハッキングして、ツィンクルでハッピーベリーのアカウントを新しく作ったのよ。村井のふりして計画を続けるつもりだった。これからも新駅予定地周辺を次々に爆破して、あちこちの不動産開発にストップを掛けようと思ってた。目的を達成するまで身バレしなきゃいいと思ってたわけ」

「だから、新たな被害者を出さないために、今回の爆破を計画したのね」

「そう、二度と元哉さんみたいな不幸な人を出さないためにね」

「気持ちはよくわかる。でも、やっぱりあなたのやり方は正しくはないよ」

「元哉さんは帰ってこないのよっ」

美夕の叫びは公園の森に散った。

「去年の一〇月一一日の金曜日。お父さんに誘い出されて元哉さんは宮ヶ瀬湖に行った。お母さんのふるさとを訪ねた後で湖畔の料理屋さんで一杯やったらしい。きっと、酔いを覚まして帰ろうって夜更けまで湖畔にいたのね。そして、お父さんは元哉さんを助手席に乗せたまま、湖に飛び込んでしまった。湖底に沈んだ元哉さんはどれほどもがき苦しんだでしょう。お父さんは膨大な借金を元哉さんに残して一人で死ねなかったのだとは思う。でも、一緒に湖底まで連れて行くなんて……」

美夕の両目に涙があふれ出た。

「そうね……どんな事情があっても道連れにすべきではなかった」

「二日後の日曜日は十五夜だった。わたしも公休日だし、元哉さんとわたしは葉山《はやま》で満月を見ようって約束してたの。ムーンリバーを二人で見ようって……でも、すべてかなわない夢で終わってしまった」

美夕の頰を涙が伝わって落ちた。

夏希には掛けるべき言葉が見つからなかった。

「わたしと元哉さんの幸せを奪ったこの大悪人に天罰を加えるっ」

いきなり美夕の目がギラギラと輝き始めた。

アドレナリンの急上昇だ。

美夕は左手に力をこめて山川の首を絞めた。

「うぐぐっ」

山川は反射的に顔をあげた。

ナイフを構え直した右手は山川の首を狙っている。

夏希の背中に汗が流れ落ちた。

「あなたの右手は血で汚しちゃいけない」

夏希は必死になって静かな声で呼びかけた。

「あなたに言われたくない」

「美夕ちゃんの薬指に光っているのはなに？　元哉さんの愛でしょ」

美夕はハッとした顔になった。

「元哉さんの愛の象徴を、そんな男の血で汚すつもりなの？」

「そ、それは……」

動揺が美夕の顔に表れた。

唇がわなわなと震えている。

「あなたの元哉さんへの純粋な愛を、そんなクソ野郎の血で汚してほしくない」

夏希は言葉に力をこめた。

「だけど……」

美夕の頑《かたく》なだったこころが揺れ動いている。

「そんなに元哉さんを愛しているのなら、これからの人生であなたにできることはあるはずよ」

「いったいなにができるの。元哉さんはもう帰らないのよ」

夏希は美夕の目を見つめ直した。

「元哉さんは芸術家だったんでしょ」

「そう、素晴らしい造形を生み出し続けていた。ジュエリーばかりじゃなくてオブジェもたくさんあるよ」

「作品も残っているんじゃないの」

「手もとには少ないけど、多くの人々の手に渡って愛され続けている」

「元哉さんの生きた証《あかし》を後世に残す仕事があなたにはできるじゃないの」

「生きた証……」

美夕は夏希の言葉をなぞった。

「たとえば、元哉さんの作品を一堂に集めた展覧会を開くとか、写真集を出版するとか、彼の生きた証は作品としてこの世に残っているんだから、もっと多くの人に伝えられるはずでしょ」

夏希は熱をこめて話した。

その場しのぎの気持ちではなかった。

「たとえば、わたしがいま死んだら、真田夏希が生きた証なんてこの世に残らないのよ」

「それはわたしも同じ……」

「だから、造形家は素晴らしいお仕事だよ。生きた証をかたちとして残せるんだから」

「……真田さんの言う通りね」

「でもね、造形家を愛したあなたも恵まれてるのよ。愛している人の生きた証がこの世に残っているんだから」

「そうか……」

美夕はかすれ声を出した。

「わたしなんて誰も愛してないから、そんな話とも無縁よ」

夏希は自嘲《じちょう》的に小さく笑った。

「真田さん、あなた、やっぱりすごい人」

「そんなことないよ」

「だって、わたしに生きる勇気をくれたもの」

美夕は大きく声を震わせた。

「生きる気持ちになってくれたのね」

夏希の声も震えた。

「こんなクソ野郎とかけがえのない生命《いのち》じゃ、わたしを愛してくれた元哉さんにも申し訳がない。わたし、間違ってた」

美夕は小さくあごを引いた。

「わかってくれてとっても嬉《うれ》しいよ。ナイフを捨てて」

夏希はなんの気なくさらりと頼んだ。

「わかりました」

ナイフを草むらに放り投げた美夕は、山川をどんと突き飛ばした。

「ふわっ」

山川は奇妙な声を上げてその場にへたり込んだ。

「確保っ」

いつの間にかここに上ってきていた中川が下命した。

警官たちが美夕に向かって迫った。

夏希は振り返って大音声で叫んだ。

「彼女は投降したんだよっ」

警官たちは夏希の剣幕にすくんで動きを止めた。

「僕でよければお供しますよ」

織田がやわらかい声で誘《いざな》った。

右手を差し出している。

「織田さんのエスコートなら嬉しい」

美夕は自分の右の掌《てのひら》を織田に重ねた。

「では、ご一緒しましょう」

織田は美夕と腕を組んで歩き始めた。

「最後に真田さんにひと言だけ言っとくね」

美夕が振り返った。

「なに？」

夏希には美夕の言いたいことが想像できなかった。

「織田さんみたいないい男、いつまでも放っておいちゃだめだよ」

美夕は口もとにかすかな笑みを浮かべた。

「い、いや……それは……」

予想もしなかった言葉に夏希は返事ができなかった。

「真田さんは不器用なとこがかわいいんだけど、そんなことしてると織田さん取られちゃうから」

「で、でも……」

「わたしみたいなロクでもない女にね」

声を立てて笑うと、美夕は言葉を継いだ。

「でも、昨日の熱烈アプローチはお芝居だけどね」

「なんでそんなことしたの？」

「織田さんを誘惑すれば、夏希さんが気もそぞろになるから」

美夕はいたずらっぽい笑顔を浮かべた。

「わたしはそんな……」

夏希はあわてて顔の前で手を振った。

「でも、夏希さん、安心して。織田さんは素敵な人だけど、わたしのタイプじゃないよ……だって鈍感だもの、この人」

織田は「ぐうっ」と奇妙な声を出した。

「ごめんね、織田さん。さ、お願いします」

美夕は身体の向きを変えた。

微妙な表情で織田も踵《きびす》を返した。
小さくなってゆく美夕と織田の後ろ姿をしばらく夏希は眺め続けていた。
夜風が湿った森の匂いを運んで来た。
深呼吸してから、夏希は坂道を下り始めた。
豊かな秋はまだまだ続く。
冬が来るまでに、なにか素敵なできごとが訪れないだろうか。
夏希は息を整えながらゆっくりと歩くのだった。

終　章　新たな出発

半月ほど後、横浜のバー《帆HAN》のテーブル席で夜景を見おろしながら織田は上杉と飲んでいた。

「とまぁ、そんな事件だったんだ」

織田は連続爆破事件の話をかいつまんで上杉に伝えた。

「今回も、真田、大活躍だったな」

マッカランのオン・ザ・ロックを飲みながら、上杉は言った。

「ああ、彼女は人の心がよくわかるからな」

織田はしみじみとした声で言った。

「そんなところも香里奈に似てるな」

上杉の言葉に織田はしばし黙った。

「でな、上杉、今回の事件を振り返ってみて、わたしは恐ろしいことに気づいたんだ」

「その美夕ちゃんとか言う女警に手を出しときゃよかったってことか」

上杉は低い声で笑った。

「わたしは真面目な話をしてるんだ」

織田の口調に上杉はちょっと鼻白んだ。

「悪かった。話せよ」

「今回の事件で、わたしが気になったのは、ふたつの事実だ」

「ふたつの事実？」

「そう、背乗りと警察内部の者の犯行という点だ」

「それがどうしたんだ？」

「一〇年前も同じことがあったんじゃないかと思ってな」

「もしかすると、織田、おまえ、香里奈の死のことを言ってるのか……」

織田は黙ってあごを引いた。

「おまえ、香里奈は事故で死んだんじゃないって思ってるのか」

上杉は張り詰めた声で言った。

「可能性の問題だ」

「だが。そんな可能性が一パーセントでもあるのなら、俺は黙っているわけにはいかないぞ」

上杉は強い声で言い放った。

「わたしも同じ気持ちだ」

織田は静かに答えた。

「調べ直してみるか」

「掘り返さざるを得ない気がしてきた」

「よし、乾杯だ」

「ああ、新たな出発に」

織田と上杉はグラスを合わせた。

店のなかには、トミー・フラナガンの『ジャズ・ポエット』がゆったりと流れていた。

本作品は、書き下ろしです。
本書はフィクションであり、登場する
人物・組織などすべて架空のものです。

脳《のう》科《か》学《がく》捜《そう》査《さ》官《かん》　真《さな》田《だ》夏《なつ》希《き》

ストレンジ・ピンク

鳴《なる》神《かみ》響《きよう》一《いち》

令和３年 ７月25日　初版発行

発行者●堀内大示

発行●株式会社KADOKAWA
〒102-8177　東京都千代田区富士見2-13-3
電話　0570-002-301（ナビダイヤル）

角川文庫 22749

印刷所●株式会社暁印刷
製本所●本間製本株式会社

表紙画●和田三造

●お問い合わせ
https://www.kadokawa.co.jp/（「お問い合わせ」へお進みください）
※内容によっては、お答えできない場合があります。
※サポートは日本国内のみとさせていただきます。
※Japanese text only

ISBN 978-4-04-111656-2　C0193

◇◇◇

角川文庫発刊に際して

角川源義

第二次世界大戦の敗北は、軍事力の敗北であった以上に、私たちの若い文化力の敗退であった。私たちの文化が戦争に対して如何に無力であり、単なるあだ花に過ぎなかったかを、私たちは身を以て体験し痛感した。西洋近代文化の摂取にとって、明治以後八十年の歳月は決して短かすぎたとは言えない。にもかかわらず、近代文化の伝統を確立し、自由な批判と柔軟な良識に富む文化層として自らを形成することに私たちは失敗して来た。そしてこれは、各層への文化の普及滲透を任務とする出版人の責任でもあった。

一九四五年以来、私たちは再び振出しに戻り、第一歩から踏み出すことを余儀なくされた。これは大きな不幸ではあるが、反面、これまでの混沌・未熟・歪曲の中にあった我が国の文化に秩序と確たる基礎を齎らすためには絶好の機会でもある。角川書店は、このような祖国の文化的危機にあたり、微力をも顧みず再建の礎石たるべき抱負と決意とをもって出発したが、ここに創立以来の念願を果すべく角川文庫を発刊する。これまで刊行されたあらゆる全集叢書文庫類の長所と短所とを検討し、古今東西の不朽の典籍を、良心的編集のもとに、廉価に、そして書架にふさわしい美本として、多くのひとびとに提供しようとする。しかし私たちは徒らに百科全書的な知識のジレッタントを作ることを目的とせず、あくまで祖国の文化に秩序と再建への道を示し、この文庫を角川書店の栄ある事業として、今後永久に継続発展せしめ、学芸と教養との殿堂として大成せんことを期したい。多くの読書子の愛情ある忠言と支持とによって、この希望と抱負とを完遂せしめられんことを願う。

一九四九年五月三日

角川文庫ベストセラー

憑物　鬼龍光一シリーズ　今野　敏

渋谷のクラブで、15人の男女が互いに殺し合う異常な事件が起きた。さらに、同様の事件が続発するが、その現場には必ず六芒星のマークが残されていた……警視庁の富野と祓師の鬼龍が再び事件に挑む。

豹変　鬼龍光一シリーズ　今野　敏

世田谷の中学校で、3年生の佐田が同級生の石村を刺す事件が起きた。だが、取り調べで佐田は何かに取り憑かれたような言動をして警察署から忽然と消えてしまった——。異色コンビが活躍する長篇警察小説。

殺人ライセンス　今野　敏

高校生が遭遇したオンラインゲーム「殺人ライセンス」。ゲームと同様の事件が現実でも起こった。被害者の名前も同じであり、高校生のキュウは、同級生の父で探偵の男とともに、事件を調べはじめる——。

警視庁監察室　ネメシスの微笑　中谷航太郎

高井戸署の交番勤務の警察官・新海真人は、妹の麻里を「事故」で喪った。妹の死は、危険ドラッグ飲用による中毒死だったが、その事件で誰も裁かれることはなかった。その時から警察官としての人生が一変する。

警視庁監察室　報復のカルマ　中谷航太郎

新宿署の組織犯罪対策課の刑事・宗谷弘樹が殺害された。そして直後に、宗谷に関する内部告発が本庁の電話にあった。監察係に配属された新海真人は、宗谷関連の情報を調べることになったが——。

角川文庫ベストセラー

警視庁監察室
ヤヌスの二つの顔
中谷航太郎

警視庁監察係の新海真人は、麻薬取締官と科捜研の検査官から報告を受けた。成田空港で新たな違法ドラッグが持ち込まれたという。それは、真人の妹を死なせたドラッグと成分が酷似していた――。

刑事にだけはなりたくない
警務課広報係永瀬舞
中谷航太郎

赤羽署警務課広報係の永瀬舞は、猫を拾って仕事をさぼった翌日、自身の住むマンションの側で、殺人事件が起きていたことを知らされた。舞が昨日被害者に会っていたことから、捜査に参加することに。

刑事に向かない女
山邑　圭

採用試験を間違い、警察官となった椎名真帆は、交通課勤務の優秀さからまたしても意図せず刑事課に配属されてしまった。殺人事件を担当することになった真帆の、刑事としての第一歩がはじまるが……。

刑事に向かない女
違反捜査
山邑　圭

都内のマンションで女性の左耳だけが切り取られた絞殺死体が発見された。荻窪東署の椎名真帆は、この捜査でなぜか大森湾岸署の村田刑事と組まされることになる。村田にはなにか密命でもあるのか……。

刑事に向かない女
黙認捜査
山邑　圭

解体中のビルで若い男の首吊り死体が発見された。男は元警察官で、強制わいせつ致傷罪で服役し、出所したばかりだった。自殺かと思われたが、荻窪東署の刑事・椎名真帆は、他殺の匂いを感じていた。